献给所有心地善良、
内心柔软的人们。
向“最特别的家人”给我们
带来的所有美好时光致谢！

陪伴

思念

相依

离别

Love Actually

而我只有你

九夜茴 等 著

你有朋友、同学、家人……而我，只有你；
你有爱情、事业、娱乐……而我，只有你。

湖南文艺出版社
HUNAN LITERATURE AND ART PUBLISHING HOUSE
博集天卷
CS-BOOKY

而我只有你

目录

Contents

陪伴

【拼音】

péibàn

【释义】

跟随在一起，在旁边做伴。

思念

【拼音】

sīniàn

【释义】

思虑，怀念。是珍藏于内心的

甜蜜，是一种深沉的渴望。

相依

【拼音】

xiāng yī

【释义】

互相靠对方生存或立足。

P074-P161

● 爱你，喂饱你，永不嫌弃你 /夏七夕

如果我有阿拉丁神灯，我一定会许下一个，唯一一个愿望，那就是希望你们的生命和我一样长。

● 喵星来的孩子 /水阡墨

整整十年的时光在一起度过，漫长的却伸出手就可以丈量的时光。

● 永远 /阮竿绿

我真的很骄傲，我有两份全心全意的陪伴，我永远都不会孤单。

离别

【拼音】

lí bié

【释义】

比较长久地跟熟悉的人或地方分开。

P162-P226

● 而我，只有你 /社社

我一直觉得，猫离不开我，因为他们拥有的，也不过是我而已。现在想想，我根本大错特错，因为离不开对方的那个，其实是我。

● 曾想永相伴 /雷雷猫

我不知道那天她看到了什么，为什么要发疯似的追出去，可我知道，只要她回来，便好了。

陪伴

【拼音】

péibàn

【释义】

跟随在一起，在旁边做伴。

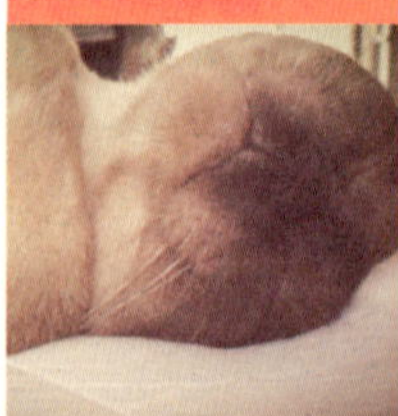

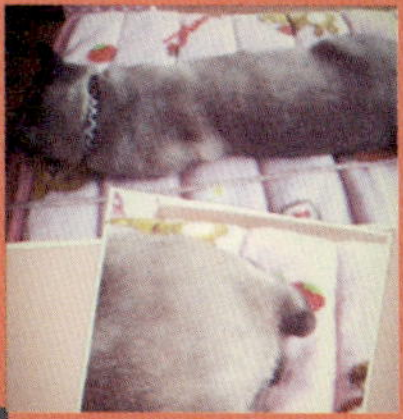

陪你到世界末日 /九夜茴

九夜茴，北京人，

凭借《匆匆那年》，成为80后首位文学、影视双栖作家。

代表作：《匆匆那年》《初恋爱》

DATE 1

所有的相遇
都是一种命运

芝麻糊是一只纯种暹罗公猫，他最初的饲主对他的命运从不质疑，因为他的美貌注定一生娇贵，这娇贵又注定是个好价钱。

芝麻糊出生不久，就被展示在宠物店漂亮的白漆铁艺笼子里。那时他的个头才刚刚顶上成年男子的两个拳头，通身浅茶色的绒毛，只有脸、耳尖、尾巴是黑色的，眼睛蓝得剔透，在暹罗猫中是不折不扣的小帅哥。

在一个风和日丽的秋日，芝麻糊被我一位有钱的密友看中，毫不砍价地花重金买下，连同整个店里最好的猫舍、最好的食盆、最好的猫粮、最好的铃铛一起，浩浩荡荡地带回家里。

这就该是他的命运，一点不曾拐弯。

而那时的我独自住在一间小公寓里，写稿不分昼夜，吃饭不分早晚。常常素面朝天，戴着大黑框眼镜，随便扎两个辫子，穿着宽松的帽衫，随便往裤兜里塞入皱巴巴的人民币，挎着桃红色HELLO KITTY的购物袋，到楼下的7-11买便当和零食，模样比《萤之光》的小萤还要干物女一些。

因为地处帝都繁华地段，所以常常会在便利店里遇见漂亮的OL（白领丽人）和正如夏花的女学生，有一次听到她们聊我的小说，随即又聊到我的微博，感叹当个女作家真的不错，优雅又美好什么的。站在一旁结账的我搓了搓鼻子，望着7-11的天花板想：哦，我的生活听上去真是高级。收银员找了零钱时我还在发呆，后面的人催促起

来，我忙拎起硕大的HELLO KITTY，结果碰到了后面姑娘的手臂，她不满意地嗔叫，我一面道歉一面把硬币撒了满地。

蹲在地上捡钱的时候，编辑Q急急如律令的催稿电话赶到。

“今晚是deadline（最后期限）！再不交稿不是你dead（死）就是我dead！”

“一定写！一定写！一定写！”

我各种讨好装可怜地挂上电话，抬起头发现所有的人都在看我，正当我自作多情地以为身份被曝光，知名度大到被围观时，店员无奈地对我说：“小姐……请您站起来好吗？挡路了……”

我灰头土脸地走出7-11，回到家里，一边喝番茄汁一边吃格力高，老老实实地熬夜写了数千字的青春与疼痛、爱情与别离。

这是我的命运，也不曾拐弯过。

这样的我和那样的芝麻糊，相遇了。

在有钱密友几百平米的大房子里，我第一次见到芝麻糊。他虽然小，但已经珠圆玉润起来，丝毫不怕人，踩着我的大腿，一跳一跳地去抓我帽子上的绒球。密友一边跟我聊天一边不断地打喷嚏，我问她：“你感冒了？”

“没有呀，这几天不知道怎么回事，鼻子特别难受，一回家就不断打喷嚏。”

“是不是鼻炎？”

“我没有得过鼻炎呀。”

“难不成……”我两只手捧起芝麻糊，看着他漂亮的蓝眼睛说，“你对猫毛过敏？”

所有的相遇都是一种命运

芝麻糊也歪着头看我，模样十分可爱，我刚要搂他到我怀里，他却忽地一下子蹿到了我头上，帽子上的毛绒球，他终于够到了……

我惊声尖叫，密友笑作一团，芝麻糊趴在我头上，长长的尾巴在我眼前弯成了一个L。而我们笔直的命运也就从那一刻起，各自弯了一弯。

被我不幸言中，密友确实对猫毛过敏，端的是芝麻糊这么名贵的猫，也只能被隔离。偌大的房子里，芝麻糊有了自己单独的房间，这似乎是一只宠物的顶级待遇，但代价却是不再得宠，不能靠近主人，不会受到爱抚。

我再见芝麻糊时，他已经在那间房里被关了一个多月，除了每日保姆来喂食换猫砂，他没见过任何人了。彼时毛茸茸的一团，现下却分外瘦弱，他见到我便殷切地叫，蹭我的腿，可再也没力气跳到我头上，去玩一玩帽子顶的那个毛球。

没有爱，谁都羸弱。

抱着芝麻糊不足斤两的小身子，我对密友说："我来养他吧！"

密友千恩万谢，亲自把芝麻糊和他全部的高档家伙一道送到我的车上，连夸我舍身为友、义薄云天，几乎要挥着手绢目送我离开了。

我拉着小猫一路回家，泪流满面地看着他好奇地不停抓我的真皮坐椅，忽然觉得方才自己学周星驰在《喜剧之王》里对张柏芝说的那句“我养你”其实十分沉重。无论于人还是于猫，尽管养着不过一匙一羹，却难得日日夜夜天长地久。

等到红灯，我终于腾出手拯救我的坐椅，芝麻糊却一纵身跃到我腿上，好奇地盯着方向盘。转到绿灯，我来不及抱他下去，干脆让他就坐在我和方向盘之间，要从外面看过来，倒像是一人一猫在驾车。

我们就这样一起欢快地驶向了共同的命运。

DATE 2

所有的承诺
都希望能够永远

我一个人左手抱着猫，右手抱着他的吃穿用度，脖子上挂着包，嘴里叼着钥匙，以史上最不雅的姿态回到家。搭乘电梯时，周围的人都凑过来看他，一边摸一边夸他稀罕漂亮，我扬扬得意，顿感养只名猫果然好，总比带个很矬的男人出去有面子。

"这猫真漂亮！"

"嘿，眼珠子是蓝的！"

"毛色也好。"

"外国猫吧？多少钱呀？"

我得着机会显摆，忙不迭地答："三千多！"

我一张嘴，原先叼着的钥匙掉在地上，电梯里一下子静了下来，模样甚是尴尬，我讪笑着对旁边女孩说："请帮忙捡下钥匙，谢谢啊——"

女孩笑着把钥匙递还给我，芝麻糊似乎不忍看我丢人的样子，干脆埋头到我怀里，以决绝的姿态不得已地痛别他一去不返的高贵猫生。

回到家里我整理东西，芝麻糊巡视房间，我累得要死地倒在沙发上，他优哉游哉地蹦到扶手前。眼见他不怕生，没有躲在桌子底下给我个下马威，我很高兴，笑眯眯地张开双手，想召唤他过来，却一下子愣住了。

那时的他，没有名字。

密友还没来得及给他起名就将他打入冷宫，只听过她喊猫咪。望着一双亮晶晶的眼睛，我内心柔软起来，一把抱起他，仰天长啸："我要给你家，给你肉罐头，给你响当当的江湖名号！"

我原先救养过两只小土猫，一只起名

叫酸菜鱼，一只叫水煮鱼，本想顺着叫他剁椒鱼或松鼠桂鱼，但看芝麻糊吃鱼罐头津津有味的样子，总觉得有同类相残的痛感，于是作罢。又想小时候奶奶家的院子里常光顾的几只猫咪，黄的叫大老黄，黑的叫大黑，白的叫大白，花的叫花花，想干脆叫他黑茶，但觉得这么简单有损我身为一名作家的职业道德。

从我喜欢吃的和从分辨颜色来起名，这两种方法都有欠缺，正挠头时，我忽地两手一拍，干脆两个方法并作一种，找个像他颜色的吃的不就好了！

我忙翻开零食柜子，一个个数过去：

可乐？太俗气！

油炒面？干巴巴的！

王老吉？广告嫌疑！

酸梅汤？夏天叫着爽，冬天叫着冷！

芝麻糊？芝麻糊！就这个了！

我抱着芝麻糊说："芝麻糊，你叫芝麻糊了哦！"

芝麻糊纹丝不动，只有左边的耳朵向后扬了扬，我见他有回应，高兴地亲了他一口。芝麻糊随即又动了动左耳，这次动得更厉害。

一年后我慢慢知道他的习性，那意思其实代表不乐意——

不管怎么说，那天晚上，我的公寓不再只有我一个人。早上睡醒时我觉得胸口有点闷，抬眼看，芝麻糊正平卧在我的胸前香甜地睡着。看着他安心的样子，我暗暗许给了他一个永远。

永远是很多人都抵达不了的地方，但那天我想，我和我的小猫一定可以。

DATE 3、4、5、6、7……1001

所有的依赖都源于勇敢

一人一猫的岁月是甜腻腻的，因为芝麻糊是一只黏人的猫。

不管我在房间里的什么地方，以我为圆心，直径为一米的范围内，一定能找到芝麻糊。

睡觉时，他就在我枕侧、身边、胸前等任何他觉得舒服的地方。有一次我做了一宿被法海追着压到雷峰塔底的噩梦，醒来时正畅想难不成我是白蛇转世，却慢慢感觉不对，怎么梦醒了还觉得背上沉重，扭头正对上芝麻糊的鼻孔，原来我趴睡时芝麻糊也一直趴在我背上睡，哪有什么白蛇转世，分明是黑猫压顶！

吃饭时，不管多饱他都会在离我最近的地方一动不动地盯着我看，如果是他平时不吃的蔬菜瓜果也就闻闻算了，要是正赶上他喜欢吃的火腿、面包、炖肉、腊肠，那我基本只能站着吃，只要坐下他就凑过来恨不得把头扎进碗里去。

“你到底是不是从亿万富翁家出来的猫呀！这么没样子！”

“喵！”

“喵什么啊！不许舔！”

“喵呜喵——”

“啊！我的吃的！”

这是常常发生在我们之间的对话。他对食物就是这样执念，不管我多么小心地撕开包装袋，打开冰箱门，切开冰糖橙，只要动了吃的念头，他都会如同被召唤的阿拉丁神灯般瞬间出现在我面前，即使前一秒酣睡得亮出肚子，后一秒也会睁开眼睛瞥向我——手里的吃的。害得我半夜吃冰激凌都要向他报告：“闻吧闻吧，我没有背着你吃肉肉啊！”

上厕所时，芝麻糊一定会蹲卧在我腿上一起坐马桶，就连洗澡时，他都要登上玻璃房向下俯视着我。

这强烈的占有欲令我感觉，他是我的猫，而我，是他的人——

芝麻糊一点都不怕人，他是我们这边的名猫，快递员大哥、送餐员叔叔、保洁员大婶等，都分外喜欢他，到家里来都要夸赞他一番。而芝麻糊每次也都做足场面，人前威风凛凛，一副名猫架势，等人一走，他就打回原形，懒懒散散地躺在地上，翘起后腿舔舔屁股什么的——

他最喜欢美女姐姐，最讨厌身上有烟味的男人。编辑Q第一次来我家时，就感受到了芝麻糊极大的热情，那天她穿了很拉风的黑丝，芝麻糊一见就飞奔过去抱大腿。于是芝麻糊志得意满，黑丝彻底报废。

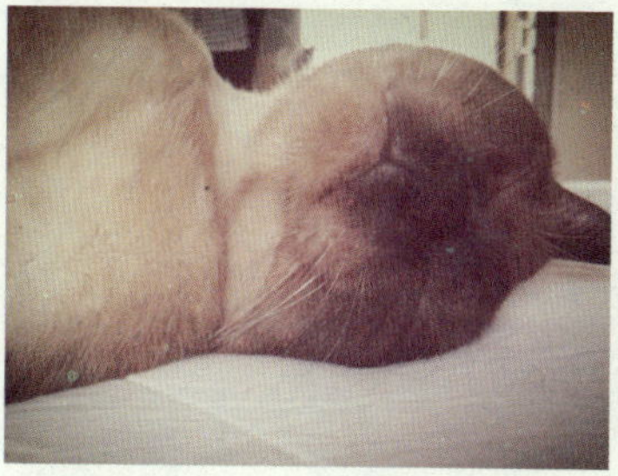

如果是美女姐姐的爱抚，芝麻糊会摆出各种邀宠的姿势，小圆脸小圆肚子亮出来随便摸。如果是抽烟哥哥的深情召唤，芝麻糊基本无视，理都不会理，要是无奈被抱起，一定扭各种不合作的动作，惹急了的话，伸爪挠张嘴咬都是有过的。

很多朋友都说我家芝麻糊像一只活泼的小狗，而不似优雅的猫咪。因为只要我在房间里，不管我走到哪儿，他都会跟在我身后。之前我住的公寓是时髦的大开间，客厅厨房卧室都连作一体，为了能让芝麻糊在屋里有更多的地方捉迷藏玩，我换了一间大一点的公寓。可搬了家后，他还是只跟着我，如果我在卧室，他就根本不会去客厅玩。

我才明白，芝麻糊并不需要那么多的房间，他要的只是我身边有一块属于他的地盘。

有一次我去外地办事，托朋友照顾了芝麻糊几日。回来后，芝麻糊更是对我格外亲近。为了安抚他，我特意打开两个肉罐头给他吃。然而芝麻糊吃得并不安稳，只要我不在他身边，他就会追着我过来，看我有没有离开。后来我干脆就蹲在食盆旁边陪着他，他这才香喷喷地消灭了两大坨肉。

孤独是种通病，芝麻糊不怕人，他怕没有人。

那年冬天有一场狮子座的流星雨，我和芝麻糊一起站在落地窗前许愿，其中一条是：年年岁岁长伴长随。我低头看他，他抬头看我，心有灵犀。

在我的悉心养育下，芝麻糊愈加膘肥体阔，很快成长为不算尾巴净长52厘米体重7公斤的巨猫——饱暖思淫欲，古话一点没错，在芝麻糊第一次喷尿到沙发上之后，他正式发情了。

我先是想给芝麻糊找个女朋友，可周围实在没有同品种同条件可相亲的适龄貌美母猫。想买一只幼猫回来，又怕芝麻糊一个不冷静，发生猥亵幼猫的悲剧。况且生了小猫，我实在养不了那么多，送人或卖掉，我又万万舍不得。想送去宠物店配个种，但又怕年轻母猫虎狼之势，芝麻糊很容易“殚精竭虑”。直接送去做手术呢，又总觉得还是只处男就被咔嚓掉很残忍，网上甚多手术风险的血淋淋例子，实在不敢冒险。

就在我犹豫不决的时候，芝麻糊已经从客厅荼毒到卧室，从床铺荼毒到了衣柜——我家阳台每天都要晒很多衣物，每天漂洗的崩溃和朋友们耐心的劝导终于让我下定决心带他去做了手术。

在医院里，我们俩都像是生病的孩子，紧紧相依，各自害怕。

为了一切安全，我先给他做了术前检查，芝麻糊很乖，抽血时只哼唧了几声，随后就老实地趴在我怀里。可我知道他害怕，因为背部的毛都微微炸起了。打麻药前，芝麻糊一直看着我，我帮医生按住

他，嘴里一边嘟囔着："宝宝不怕。"眼里一边滚出泪水。猫被麻醉后闭不了眼睛，我看着失去知觉的芝麻糊被抱入手术室，抱肩蜷缩着蹲在了门外。

那20分钟里我一直不停地在念佛经，祈求世上所有的神一起保佑我的小猫。我不停地蹂躏自己的神经，甚至后悔带他来这家医院，万分之一的麻醉致死率如果降临在一只猫身上就是无可挽回的死亡，我为什么不能勤勉地每天洗床单呢？为什么不能忍受他半夜的尖叫呢？为什么不能体谅他不好的脾气呢？为什么明知有万分之一的危险还带他来到这里呢？

就在我几近崩溃的时候，大夫像天使一样打开了手术室的门。

我飞奔过去，一把握住医生的手，眼泪涟涟地急呼："大夫！芝麻糊怎么样了？他有没有事？他还好吧！"

大夫很不配合，一点没有电视剧里那么温和可人，他皱着眉推开我的手说："你紧张什么啊！本来十分钟手术就得了，你非要用什么呼吸麻醉，整整费了半小时的工夫，还不够我们折腾的呢！早没事了，猫都醒了，比你镇静多了！"

我讪讪地走入手术室，麻药劲过去，芝麻糊肯定觉得疼了，他趴卧在手术台上使劲"哈"着人。

"你去摸摸他吧，他现在瞳孔还散着，什么都看不清，不让我们近身呢。"护士跟我说。

我心疼地走过去，嘴里低低喊着他的名字，芝麻糊空洞的眼向我声音的方向望了望，慢慢低下头，不再"哈"人了。

我轻轻地抚摸他的背脊，他委屈地"呜呜"了两声。

"他不高兴呢。"我对护士说。

“是呀，人家好不容易出来玩一趟，又没犯错，却被割掉了蛋蛋，能高兴吗？！”护士答。

我——无语了。

那天回去，芝麻糊和平时不一样了，他不再追着我玩，也不再闻我的吃的，把他最喜欢的羽毛逗猫棒放在他面前，他连碰都不碰。我在网上看到过，有的猫在被“咔嚓”后，性格会大变，不再黏主人，成为独来独往的沉默猫咪。我想，芝麻糊肯定是不喜欢我了。

晚上我睡觉时，芝麻糊果然不像往日凑到我身边躺下，被窝旁常有他温度的地方一下子变得格外冰凉。我有些寂寞地关上灯，强迫自己努力去适应没有陪伴的空洞。而正在我胡思乱想时，忽然我的脚下窸窣出声。是芝麻糊！他一步步朝我走来，因为有伤，所以撅着小屁股，走得比平时慢些。我伸出手，他立刻躺在我的怀里，舒服地把下巴枕在我胳膊上喵呜两声。

我的小猫没变，他一心一意地依赖着我，哪怕这依赖会有点疼，但他也从未打算离开。

芝麻糊好勇敢。

DATE 2012

所有的陪伴
都是为了一起
抵达末日

术后的芝麻糊恢复得惊人的快。两天后狂吃三罐鸡小胸肉，三天后开始在房间里撒欢似的折返跑，四天后因为没有扑到窗外的小鸟所以不高兴地弄翻了晾衣架，一周后成功突破15斤大关，曾经的暹罗帅哥终于变身猥琐宅男——

而我呢，继续我的赶稿、做杂志、写剧本的表面风光实则干物女的生活，只不过与编辑的往来电话里，常常多了“对不起、对不起，没写稿子是因为我在喂芝麻糊”这样的对话，和“喵呜喵呜喵呜呜”这样的声音。

在2012年到来之前，先有一场前奏似的红月亮表演。我照旧抱芝麻糊出去看，本来期待他会变个身，可他却一点反应都没有。直到五分钟后我才发现他变了！他比看流星那会儿变沉了——

年初很多杂志来访，问我世界末日到了怎么办，会不会害怕？

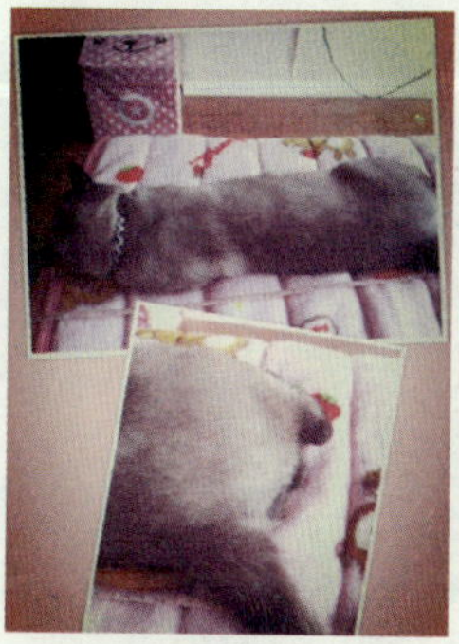 

我一点也不怕，因为我想，所有的陪伴就是为了一起抵达末日那天。

“合格比尼克了voi”这是芝麻糊刚刚走过键盘打下的字——咳，虽然翻译不出什么意思。

但我笃定，他也这么想。

宠 /八月长安

八月长安，昵称二熊。

哈尔滨长大，北京读书，现居上海。

代表作：《你好，旧时光》《暗恋》

2010年冬天，我第一次领教上海的冷。

和许多北方人常常挂在嘴边并引以为豪的那种彻骨的严寒不同，上海的冬季是躲不开的，一丝一丝不急不缓地将人与环境冻在一起，湿漉漉的，无处可逃，无论室内室外，都是一样令人绝望的冷。

记不清究竟是十一月的哪一天，我照旧从办公楼走出来，汇入街道上熙熙攘攘的人群，面无表情地踏上地铁，在苍白的灯光下和满车厢同样一脸漠然的乘客一同被这个城市错综复杂的地下血管输送到各个角落，爬上来，没入夜色，饿着肚子打开房门——

玄关的射灯洒下橙色的暖光，然而眼前宽广空荡的客厅里弥漫着和室外一样清冷的气息，甚至因为空关幽闭了一整天，显得有些怨气。

我不知道在别人的概念中，“家”究竟应该是什么样子。但对我来说，这无关房子的归属权，屋子的大小，异乡还是故乡——至少，在你疲惫不堪地穿越冷冰冰的城市跋涉归来，打开房门的一刹那，应该有温暖的气息扑面而来，应该有人问候你说，回来了？饿不饿？想不想家？

也许就是那一刻，我忽然觉得，这个房子里面，应该有一条狗。

一条可以依偎取暖，并且在听到我开门的声音的时候，甚至在听到电梯爬行的声音的时候就早早守候在门口，摇着尾巴欢天喜地地用眼神表示热烈欢迎的狗。

“你回来了？”——倒也不一定非要说出来才算数。

萝卜是2011年春天才来到我身边的，我已经度过了一个完完整整的冬天。

在朋友的帮助下，她从重庆跋涉千里来到上海，一路上的颠簸让这个大块头吃尽了苦头。当她的笼子从车上被抬下来，结结实实落在我楼下的草坪上时，我几乎不敢亲自去把笼门打开。

她是德国牧羊犬，也就是电视上常常出现的、陪伴在警察叔叔身边协助缉毒、追踪、安保工作的“黑背”。虽然尚未成年，可是体形已经过于庞大，当她咧开嘴巴伸出舌头“呼哧呼哧”散热的时候，大大方方地露出一口白森森的尖齿獠牙。

司机早就绝尘而去，上午十点钟暖暖的阳光下，我独自一人傻站在笼子边，迟迟不敢伸出手去解开笼子门简单的一道锁。

在这之前，我已经看过她拍摄的训练视频，乖巧敏捷，帅气却又流露着憨劲，最重要的是，她有一双其他德牧脸上很少见到的美丽眼睛——对，萝卜是个大眼妹。德国牧羊犬的特征中有一点就是冷淡，对陌生人，对其他的狗，都淡定而冷漠，从他们的眼神中可见一斑。然而视频中萝卜的大眼睛黑白分明，科目训练中做错了动作的时候，会怯怯地抬眼去偷瞄训练员的表情，看到对方佯装发怒的样子，就讨好地摇尾巴耍无赖，眨着眼睛求饶——满操场英姿勃发的警犬里，她像个误入其中的邻家小姑娘。

然而面对面的时候我才想起来，这个小姑娘生在巨人国，即使耍无赖、卖萌，也是XL号的萌，我没想过自己受不受得起。何况，她的嘴巴和牙齿也是XL号的。

我的手指搭在笼子边，第一次觉得这双因为从小练琴而比其他女孩子大出好几圈的手，在她的大黑脸衬托之下，竟然如此白皙小巧。

那种感觉很奇异，好像就因为这个不相干的念头，我忽然有种强烈的预感。

我的世界会因为她而变得不一样。

就在这时候，她结束了在笼中的困兽之斗，抬起眼睛看我。

那个眼睛会说话的小警花重新出现在我的面前，她眼中略带戒备的哀求就像温水，忽然就冲散了我心里郁积一整个冬天的阴冷。

我一边叫着她的名字一边打开了笼子门，眼疾手快拉住牵引绳，将她带了出来。

正在暗自庆幸一切顺利的时候，她忽然发足狂奔，我毫无准备，被直接拽了个狗啃屎，摔倒在草坪上。她拖了我两步之后才发

觉，转回头，用软塌塌的舌头热情地舔我的脸。

像一匹马。

相处之初，还是有很多有趣的故事发生的。

第一次带她出门遛弯，我们绕开楼梯口，直奔电梯。第二次再出门的时候，她就已经知道乖乖地直奔电梯间而去了。我曾经兴奋地讲给朋友听，以证实我养了一条多么聪明伶俐的狗，朋友凉凉的一句话就浇灭了我所有的热情：“你还是带着她走走楼梯吧，上海去年刚有过一场大火，万一有什么意外，你家忠心护主的萝卜好不容易把你拖出房门，然后两人一块儿傻乎乎地等电梯……”

于是后来我们两个懒鬼还是乖乖地走楼梯了。

萝卜很喜欢水，带她去宠物店洗澡的时候她总是很乖，店员一开始都有些畏惧她彪悍的品种和相貌，几分钟之后就发现这是一只可以随意蹂躏的狗，洗澡、吹风、修理指甲，她都安安静静地坐在台子上享受，歪着头，善良的眼睛一直望着玻璃门外的我。

那一刻我忽然想起小时候去参加中学生乐团的训练，我爸也是这样，背着手站在训练室的玻璃门外，笑呵呵地看着我。

那种心情也许会有些差别吧——爸爸看我的神态里应该包含着更多的期待和希望，而我对萝卜却没有过什么期待，也从没想过她未来会长大成才远离家乡什么的。

然而，在殷殷的注视中，总有什么是相通的吧。

当然萝卜对水的喜爱不止这样。每天晚上我泡澡的时候她都会站在旁边看，下巴搭在浴缸边，硕大的脑袋一动不动，紧盯着水面的泡泡。我一度觉得难堪，阻止了几次之后也就坦然了——直到某天晚上，正在书房整理东西的我听到浴室那边有奇怪的声响，走过去一看，黑魆魆的房间里，萝卜不知怎么就跳进了空浴缸，正在里面摇头摆尾地撒欢。

朋友听说了之后面无表情地说，可能是在学你吧。

我在浴缸里面的样子有那么傻吗……

后来的许多故事让我无数次怀疑自己是不是被骗了，就像被淘宝卖家精心修过的图片哄得心花怒放的傻瓜买家一样，看到送来的货，无论如何不敢相信这和图片上的是同一样东西。

她又馋，又懒，疯起来像打了两吨兴奋剂，曾经训练过的“坐、卧、随行”等科目的口令一个都不灵光，半小时就把我给她买的玩具都撕咬成了碎片，喝水吃东西的时候非要趴在地上，伸出前爪把食盆搂在怀里，像个幼儿园没毕业的孩子，把地板都弄得脏兮兮的……

我无助地打电话给她曾经的训练员，得到的答复是，你们刚刚相处，你要给她立规矩啊立规矩，我QQ空间有好多犬类训导的文章和视频，你自己去看一看……

一个月以后，回家后见到满地狼藉，六神无主的我又打给他。

训导员终于说了实话：我觉得吧，什么人养什么狗，她是会和你变得越来越像的……

和你变得越来越像，越来越像，越来越像，越来越像，越像，像……

我好像什么都听不清了。

是的，她变得和我越来越像。

又或者说，是和真正的、独处的我越来越像。

我们常说动物是有灵性的。

然而没有人能说清楚灵性究竟是什么。我们常常说人和人之间的相处需要时间来磨合，需要包容心，需要……然而条件再多，也未必能够心意相通。

年纪越大，设防越多，对别人的要求却也越高。少年时代那些足够用来挥霍的默契，竟然不可再生，越用越少，变得弥足珍贵。

不过这些对萝卜来说都不存在。她只需要一两天就能找到和我相处的诀窍，惹怒了我之后要怎么去讨好，对她容忍的底线在哪里，甚至我的喜怒哀乐，在她眼中都如此分明。

虽然她无法出言安慰，甚至连最基本的理解也做不到。

只是对我们来说，有时候最单纯的“知道”已然足够。

事情说来简单。她可以轻易地摸透我的脾气，我们两个建立彼此之间的信任却不是一件容易的事情。

对很多并不熟悉狗的人来说，如果她看到你摇尾巴，不咬你，愿意和你亲近，似乎这就是感情。

其实只是天性温柔。

真正做她的主人才明白这些肤浅的友好是远远不够的。萝卜刚到新家的时候，四处嗅来嗅去，接受了她的新狗窝、新垫子、新玩具、新食盆、新项圈、新牵引绳……我天真地以为她也接受了崭新的我。

是的，她在我抚摸她头顶的时候会耷拉下耳朵，露出圆滚滚的头顶，见到我笑就会自动摇尾巴，四脚朝天翻肚皮（这一动作代表臣服）——然而其实这一切只是因为她是只足够聪明的狗。

识时务。

遥远的重庆的一切都已经结束了。狗天生的敏感和她聪明的脑

瓜结合在一起，让萝卜清楚地认识到，无论如何，我就是她的老大了，这是无法改变的。

所以她甚至都没有表现出训狗教程中所提到的那些认生的举动，包括刚到新家的第一个夜晚时由于不习惯而发出的呜呜哀诉。

这种表面的平静迷惑了我。

直到半个月后的下雨天，我冒雨带她出去玩，她在草坪里踩得四肢爪子满是泥巴，我突发奇想决定在自己家里给她洗澡。

不知怎么她却被我的举动吓到了，在我费劲地抱起她的上半身想要将她带进浴缸里时，几乎从不吠叫的萝卜“汪”地低吼一声就挣扎着逃跑了，我一个不稳坐进浴缸，浑身湿透，而她早已经没了踪影。

我刚刚哄骗她的温柔和耐心消耗殆尽，在浴缸中气鼓鼓地坐了半天才爬出来，整理了一下才气冲冲地走出浴室去寻她。

萝卜藏在沙发下，只露出小半个鼻子。

那天我明明因为公司的事情疲惫不堪，还要冒雨带她出去玩，折腾得后背酸痛，看到她耍脾气的样子，不知怎么我竟然对一条狗发起了火。

现在我都忘记了我究竟对她吼了什么。

恐怕吼着吼着，抱怨的就都是我自己的事情了吧。

她一动不动藏在沙发下，我吼累了，也就不再理她，转身回了卧室，留下客厅地板上一串泥爪子印记，懒得管。

这时候才发现语言有多么糟糕。我说我不会伤害你，她听不懂；她在沙发下想什么，我也永远不会知道。

但也好。没有语言也好。即使有误会，也是赤裸裸的真实。

狗不记仇，可是我记仇。

她饿了，消停了，就开始怯生生地看我，继而死皮赖脸地用自己的方式哄我。

萝卜的心思很单纯，我却是个很别扭的人。一点小事就开始让我审视我们之间的这种半路出家的“亲子关系”（当然有时候我也自称姐姐，为了显得年轻）。

她不信任我，我又何尝信任她。

我摸她的头也总是轻柔的，从来不勉强，更不会肆无忌惮地和她闹。她开心的时候会咧开大嘴妄图含住我的手，我却总会条件反射地往后一缩。

萝卜这种体形和品种的狗，具有惊人的攻击力和强大的咬合力。

她可以选择不伤害我，但是只要她愿意，她永远有伤害我的能力。

是啊，回想我们平时亲密却又小心翼翼的相处，我又何尝相信过她。出门玩的时候总是把牵引绳牵得很紧，即使她很乖；看到其他的狗，她明明很想去和人家

我说不清，究竟我和她，哪一个才是真正被宠爱着的。

玩，我却一定要绕开，以防她发狂把人家咬死……

当我信誓旦旦对朋友说“她不会乱跑，她不咬人”的时候，我自己又信了几分呢？

我开始重新训练她，不再随心所欲喜怒无常地对她，也不再强求她亲近我。

我终于愿意认认真真地看看我自己的狗究竟是怎样的性格。

她很别扭。对其他的狗大多冷淡，无论其他小狗怎样对她吠叫挑衅，她都不屑一顾；真的遇到自己感兴趣的狗了，又不爱直接表现出来，一定要从后面慢慢地、假装漫不经心地接近，一旦看到其他的狗也对她的目标表现出兴趣，立刻就做出一副“我才不稀罕呢”的样子掉头离开。

她也很好奇，爱冒险。萝卜极其热爱坐车兜风，见到开着的轿

车门就想往里面钻，也不管是不是自家的坐骑。喜欢把头伸出窗子，口水沿着窗子往下淌，像是晴天下了一场雨。

我曾经愧疚于自己去上班的时候将她独自一人留在家中一整天，愧疚于自己为了回家时候得到热烈欢迎而将她囚在这个冷冰冰的房子里，不过很快我就发现，在我离开之后她独自一狗过得多么愉快。

她撕坏了我的沙发坐垫，拆过不知道多少卷卫生纸，站起身把爪子搭在厨房的台子边缘，舔干净所有的碗，咂摸遗留的滋味；她曾经把我准备晚上回家好好享用的大闸蟹吃了个干净，也不知道那笨拙的爪子和嘴巴是用什么方式将捆扎得紧实的麻绳解开，竟然没咬断，松松地散在地上，串联起满地干净的蟹壳……

从单纯的破坏，到学会在破坏之后将东西归位，盖上垃圾桶的盖子，将碗叼回到桌子上……

她总是有本事让我没法对她发火。

到了现在，又是一个冬天，我打开房门，照旧是冷冰冰的玄关、客厅，照旧没有被迎接——但是我知道，一定是她又干了什么坏事，在听到我开门的声音的时候，第一时间钻进沙发下，垂着头，耷拉着耳朵，做出一副“我知道错了”的姿态，态度诚恳，屡教不改。

只等着我说一声“好了出来吧”，她就会立刻钻出来，站起身，用跟我差不多高的笨拙身躯热情地拥抱我。

我几乎忘记了养狗的初衷。

也几乎忘记了，我们是怎么渐渐熟悉起来，渐渐同吃同住，她不再性子别扭，不再对我耍脾气，永远憨憨傻傻的；而我则习惯了对她唠唠叨叨，坐在地板上跟她玩拔河，从她恐怖的大嘴巴和尖齿之间

伸手抢玩具和骨头，在带她去人烟稀少的乡村游玩的时候敢于解开牵引绳，也不怕她跑远，因为我知道只要我喊一声，她就会撒着欢地从无论多么遥远的地方奔向我。

用最快的速度，最不设防的姿态，奔向我。

我们一起醒过来，一起伸懒腰，一起度过新的每一天。一起爬过山，一起下过海，一起享受美食，一起玩iPad游戏，一起照相，一起看电影，如果电影里面有狗，她也会很开心。

我不知道她对我来说究竟是个怎样的存在。我不是习惯做狗妈妈的主人，要说是朋友，倒也有些牵强。

然而我从她身上看到了一个更好的自己。做事情不再只考虑自己，作决定、选择另一种生活的时候，我都会将她的未来纳入其中——我不知道，这算不算是一种不自私。

自然比不上她的全然信赖，也比不上她的无私。

和狗相处过的人，往往对人类有更高的要求。

如果你也曾经感受过那种全然纯净、从不反悔、不求回报的依赖和爱。

她不会要求我对自己作出的决定作出解释，从来不会对我的悲伤愤怒感到手足无措，甚至不知道我姓甚名谁，是个小人物还是个明星，是不是被人嘲笑，是不是四处碰壁，是不是低到尘埃里。

我只是那个只要一喊她的名字，就能让她飞奔回家的人。

我是她的家乡。

她从未要求我变得强大，然而每每想到她，我却愿意变得更强大。

说来讽刺，狗的无私和忠诚，恰恰是千百年来，人类出于自私和善变而有意识地驯化的结果。

我因为给她提供吃住而成为她的主人。

她却因为“主人”两个字，再不离开，哪怕我有一天无法再提供食物和住所，再也不符合“主人”的定义。

这样的矛盾。让我说不清，究竟我和她，哪一个才是真正被宠爱着的。

可是我感谢她。

我感谢她，让我看清无私和不离不弃，究竟长着怎样的一副面孔。

思念

【拼音】

sī niàn

【释义】

思虑，怀念。是珍藏于内心的甜蜜，是一种深沉的渴望。

给亲爱的花生 /浅白色

浅白色，非典型水瓶，靠谱宅女。

曾任职媒体，现在是自由人。

代表作：《巴黎没有摩天轮》《始终不聪明》

当然，这不是一封寄往伦敦的信，收件人也不住在贝克街221号B。

在这个漫长的冬天，电影院16：9大屏幕里提着小手杖撒欢的裘·德洛和24寸电脑显示器上发呆卖萌的马丁·弗里曼却都让我想起你：

一只也叫花生的小泰迪。

不过你就别得意了，人家叫Watson，而你叫花生；人家上过战场，而你只上过两个姑娘的床；人家背后有柯南·道尔爵士，而你的背后……是浓密蓬松的狗毛。如果你能看得懂，此时肯定如往常般毫不在意地一抖浑身卷毛，接着欢快地奔向狗粮零食罐头妙鲜包。

你一颠一颠甩动着的尾巴就像一个跳动的句号："管他呢，反正这些好吃的都归我。"

亲爱的花生，你生在这个光怪陆离的世界却最喜欢家里的四面白墙；你能冲所有人欢跳卖萌却只爱睡在看得见我的地方，因为你知道我爱你，就像你爱我一样。

从相遇那天开始我就知道我不能陪你到老；但我也知道，假如我们有机会再见面，你还会像从前那样蹭着我的腿摇着尾巴往我身上跳。

只是，两年不见，你肯定重了不少。

2009年第一次见到你时，四个月大的你吃饱喝足后赖在一个陌生女孩怀里，像一只会动的棕色毛线团。在伸手摸了摸这个热乎乎毛茸茸的线团之后，我几乎毫不犹豫地成了你家主人的室友。

——可能你完全搞不懂什么是人类所谓的“室友”，但你满怀信心地确定自己在这间小公寓里拥有至高无上的外交豁免权。在我搬进来的第一天，你带着激动的心情半夜偷偷占领了我的垃圾桶。次日清晨我被你家主人满屋子转着叫“花生”的声音惊醒，而你，扑通一声果断地扑倒垃圾桶，撒开小爪子成功地肇事逃逸。

直到现在我还没弄明白，那一刻吸引你的究竟是主人还是狗粮。

你就这样屁颠屁颠冲进客厅，小尾巴上还粘着半截糖纸。虽然你家主人严肃认真地教育了你好几分钟，我们却都很怀疑你瞪大无辜的双眼摇着尾巴的动作只代表“好嘛好嘛别打扰我吃饭”……

作为一只高贵温驯的小狗，你大概还没学会像贵族一样生活。

抑或你已经打定主意要做一个不拘小节的孩子，把优雅那一套都留给猫。

无论你想不想当贵族，从那以后我都再也没有在家吃过巧克力。以免给你与垃圾桶的友好关系增添安全隐患。

我想我也许可以这样推测：你对我的感情是从一个垃圾桶开

始。因为自从我进驻这间房，你每天都风雨不改地来串门数次，每次离开前必定要跳起来将垃圾桶扑倒才肯窜出门去，守在房外观望几秒，直到确认没有怒吼声响起，这才欢乐地再一次踏入我的领土。

而刚刚被我扶起的垃圾桶，自然又被你补上一脚。

你家主人向毛主席保证你以前对垃圾绝无特殊癖好，这个恶习绝对可以改好。于是我们俩试过在你犯案时大声呵斥，你只是蹲在犯罪现场无辜地瞪着眼；试过威胁你没收狗咬棒，你便默默地开始咬沙发罩；试过将你直接从垃圾桶里抱走教育之，你乖乖就范后瞅准四下无人又折回来偷袭目标。如果说你童年时对垃圾桶的迷恋是个杯具，那这杯具还是能无限续杯的那一种。

直到有一天你带着亲善大使的微笑从我房间里叼走一坨包着鼻涕的纸巾送给主人，你家主人当即声色俱厉地打了你的屁股，你才开始慢慢明白过来：垃圾桶这货不是你想爱就能爱。

不过，亲爱的花生，这没什么大不了。谁小时候没干过几件傻事？我像你这么大的时候也一样。只是我爱钻的不是垃圾桶，而是我爸的自行车篮子。你知道吗？二十几年前还没有随处可见的超市，街头便利店里也没有宽敞的手推车。因此，自行车前面一个小小的铁丝篮子已经是我所能想象到的最安全的观光座位，在年幼的我与这庞大的世界之间，仿佛有了一道坚固的保护网。如今每当我在超市里见到坐在手推车里的小孩总会想起你——他们都跟你一样初置身于斑斓但未知的世界，渴望看清楚这一切却又本能地害怕受伤。你就像他们，那么幼小、懵懂，身边巨大的景物接连挤压过来，你要的只是一个安全的位置。你不曾因为恐惧而拒绝接纳未知的一切，你孤身站在陌生的异类面前，找到一个如此逼仄的临时落脚点都能让你安心。

客厅里有你舒适的窝，你家主人的床也随时欢迎你。那么，亲爱的花生，你还要乐此不疲地来摆弄我的垃圾桶，我终于明白那是因为我们还没有真正了解对方。你曾熟悉的空置房间忽然变得满满当当，陌生又凌乱，一个除了主人以外的人忽然进入了你的家；两个合租的陌生人之间会产生定义分明的情谊，而对于一只泰迪来说这种关系太复杂。我入侵你的世界，就将成为你的家人，可你搞不清楚我到底爱不爱你。

你这个顽皮又谨慎的孩子睁大双眼注视着我，我轻轻地蹲下摸摸你的下巴。

你仍然闪着大眼看我，也不动。

花生，你要知道我可是很有诚意向你公开我的月收入和日常花费，然后精确地给你解释为什么要跟你家主人合租一套小小的两居室的原因，然后再详细说明我们一人一狗之间只不过是同居好友关系，我不打算当你的后妈，也不干涉你的私生活，包括你吃多少狗粮、每天便便几次、多大该谈恋爱、长大以后是拖出去“咔嚓”还是找个伴生娃、要给你的娃物色什么样的妈……因为我喜欢你，所以你来我这里遛弯也好度假也好睡觉也好我都欢迎，希望你能批准我抱你逗你陪着你，只要你放过我的垃圾桶。

可是你不懂。你当然不懂，不用自己挣钱生活的孩子有权活得简单。

于是我只是在你面前拍了拍手掌。

“花生，来。”

你略微歪过头，像是听不懂又有点像在迟疑。我已经进驻这个家好几星期，这还是第一次在跟你单独相处时主动想要抱你。

“花生，来！”我继续努力。

你终于往前晃悠了两步，我抱起你。以前没抱过小狗的我没什么经验，想必你不是太享受我们俩的第一次抱抱，扑腾了两下后，你还是温柔地张开嘴，慷慨地舔了我一胳膊口水。

你毛茸茸的头蹭得我脖子痒痒的，扭过头就看到你家主人正在客厅冲我们笑。

真是个温暖的小家伙啊。亲爱的花生，尽管你不太舒服，但你仍然表现得很好，没有落荒而逃，也没有拉我一身。

——我坚持要这样表扬你，尽管你会嘲笑我，尽管你家主人也早就跟我说过：你家教良好，大小便都自觉定点，不见废报纸决不便便。

对人类来说，
爱与陪伴之间
是否真的存在
某种悖论？

现在你已经成年很久了，如果运气好的话说不定还当了爸爸。我们相处的半年里，你从拖拖拉拉摇摇摆摆跟在我身后转悠的小萌物变成了一只会跳过几步回头等我的大孩子。每一只狗狗生命中都有很多重要的时刻，可惜我陪你经历的实在太少。但我猜你没有忘记我，就如我不会忘记你一样。

或许你永远都不会明白，为什么我和你家主人都要离开你；而我也永远无法使你懂得，什么叫他乡和故乡。噢，不，如果你还偶尔想念我、偶尔想念我们在那套小公寓里共度的时光，你便会隐隐体会到离别的真正意味。即使如此，我还是宁愿你忘掉过去的一切，假如你现在过得幸福的话。亲爱的花生，我必须郑重地告诉你：忘掉过去对你而言并不可耻。我们人类无疑比你想象中要复杂和善变，我们终此一生都在不断重复着告别——告别曾经幼稚的自己，告别以往有过的梦想，告别曾经同路的伙伴，告别某种生活状态，告别一段决定不再回头的时光。人人都说要往前走才能看到新的风景，而历历在目的旧事纵然不舍也只能空余回忆。人类的幸福感其实是一种得陇望蜀的虚无的存在，而你坚实的一生只有爱和忠诚。有人带你回家，喂养你，照顾你，你便愿意跟他去任何地方。你是如此温暖鲜活的存在，怎么可能被归进“不能带走的回忆”一类里？

如果这个问题始终困扰着你，那么请忘掉过去。别记住不能陪你到最后的人，你就能开心如常地生活下去。那些你爱过的人同样也爱过你，只是人类的爱太庞杂，在你面前都相形见绌。

我相信你单纯却聪明的小脑袋里也曾有过疑惑：对人类来说，爱与陪伴之间是否真的存在某种悖论？

我一相情愿地以为你不会懂，直到后来才明白，其实我们之中

真正不懂的从来不是你。

亲爱的花生，我必须向你坦白。在遇见你的那个夏天，我刚刚辞了职、搬了家，正式开始一种埋头写稿的死宅生活。当你家主人去上班，我在你身边；当你家主人回来了，我依然在你身边。在我趴在电脑前头昏脑涨地敲着键盘时，是你不住地蹭我的脚丫子，咬住我睡裤的裤管坚持要我来客厅参观你新鲜出炉的便便；在我刚冲好速溶咖啡时，是你一爪子伸进去自告奋勇担任“肉勺”；在我下楼买菜时，是你哼哼唧唧趴在门口非要跟出去，被赶回屋里还不情不愿地嚷嚷得难舍难分……

每当我们一人一狗坐在客厅里相对吃午饭，你踮脚瞟一眼我手里的小碗再满心欢喜地一头扎进狗粮盆；每当我从书桌边抬起头看到

你知道我爱你，就像你爱我一样。

你安静地趴在空调下摆弄玩具，总有种满足感在不知不觉间膨胀开来，渐渐塞满了我的胸腔。

虽然你从不属于我，我仍然感到幸福。

夏天过去后你家主人加班越来越频繁，为了安抚你一到夜里见不着她就叼着玩具暴走的情绪，我终于把你最喜欢咬着玩的那件针织衫双手送到了你窝里。你这怪孩子居然还爱看《新闻联播》，只要我七点准时离开电脑抱你坐上沙发打开电视，你立刻乖乖地眨巴着眼停止暴走。写稿写得满脑子Word边框的我每到此时就变得很惆怅——非得跟着你看这一男一女每天定时定点，聊新闻聊时事。

而你在身旁自得其乐。

你以难得的端庄蹲坐在沙发上，相当悠然地感受着陌生语言的韵律，仿佛此时此刻在泰迪小花生的身躯里真的住着Watson医生的灵魂。

直到后来我才慢慢明白，你想要的并不是电视机这个大怪盒子里会动的图像，而是有人面对着你郑重其事地说些什么。你听不懂我们的语言，但你也想拥有与所爱的人分享一些什么的幸福感。

亲爱的花生，很多时候人类都比你迟钝，明明所有线索都已摆在眼前，却往往要在离开了所爱的人之后才恍然大悟懂得对方想要什么。我对你也是如此。每当我心怀满足感地摸着你毛茸茸的软肚皮，我只是像爱一只宠物一样爱你；然而你对我们的爱，就像爱家人一样平等和高贵。

可你并不属于我，自我们相遇的第一天起，我就知道。

你对此毫不知情。

我跟你之间所有的爱就像一场预谋，从你家主人与我签订了半年的租期开始。

我离开你，是早在相遇前就决定的事实。我有过机会改变初衷，可这毕竟是在“他乡”，一个你可能无法理解的地方。你不会知道，你身处的这个温暖的窝它不属于你家主人，也不属于我；你脚底这座城市也不属于你家主人，更不属于我。因为有你，我们感觉到像是有了家；一旦我们要回到地理意义上的“家”，你便又是孤身一人。你不知道自己从何而来，甚至不认识自己的亲生父母，你从有记忆起就活在人类的世界里，我打包离开这座城市之时，依然庆幸你还拥有你的主人。

她会陪你度过一生。

亲爱的花生，在我离开你几个月后，得知了你家主人已经将你送人的消息。她远赴大洋彼岸，去一个你也许一辈子都到不了的地方，为你找了一个看上去很温馨的新家。也许你对我的想念是从我离开那一刻开始；我对你的想念却是从再也不能在视频窗口里见到你朝我欢欣地嚷嚷开始。

我不知道你现在多高多重，不知道你是有了女朋友还是已经绝育，不知道你吃惯的食物在新家有没有改变，不知道我送你的玩具你还乐不乐意带在身边……不知道你的新主人会不会常跟你聊天，不知道你还爱不爱看《新闻联播》里那两张说个不停的脸。

从前那个缩在陌生女孩怀里的会动的毛线团，那个深夜潜入垃圾桶的小家伙，你瞪着大提子一样黑亮的圆眼睛无辜地看着我，你小小的身躯温柔地蜷在我的脚边。你留给我的零碎记忆都如此生动，我却无从知道，当你想起我时，脑海中会不会浮现出一个头发蓬乱挂着黑眼圈宅得快要长出蘑菇的姑娘。

同样，我也无法确定：假如你是一只毛发僵直眼神涣散可以一蹲几天不挪窝的邋遢宅狗，我会不会依然觉得你可爱？

然而，亲爱的花生，你也要学着了解这世上的事全然没有“假如”可言。从我遇见你、我抱了抱你，到后来你开始毫不客气地在我床上滚来滚去，趁我不注意骄傲地一撒腿拉在书桌上的报纸中央，你早已经是我那段生活中最温暖的记忆。

一个人住的第三年，我搬进你的城堡，有了邻居也有了你。

仿佛命中注定，在我由写字楼回归小卧室的过渡期，有你陪在身边。我的花生不需要有小拐杖也不需要有小手枪，你不用上战场，只要顶着一身温柔的卷毛赖在我身旁。

跟你分开之后我过得很平稳，安定的生活已经把我也变成了一个跟你一样安逸的胖子。对了，我卧室里有个熊猫造型的带盖垃圾桶，我想你会喜欢，只是恐怕你已经大到钻进去之后盖不上盖子了。

你从小就贪吃不好动，只有心情好了才肯陪我们玩几轮捡球游戏，当年娇小温驯的翩翩少年很可能如今已经大腹便便。你不太爱叫，不高兴了准会叼着玩具满屋子暴走，真希望你的新主人家没有铺桌布的习惯，否则你很有可能又一嘴咬翻一大桌盘盘盏盏。噢，我才没有心疼你家新主人的餐具，倒是怀疑成年发福的你逃离现场是否已不复年幼时的身手敏捷。

亲爱的花生，我猜我们都已经不再如当年。

无论能够一起走多远，你曾爱过，就是答案。

人类在二十五岁左右时记忆力就会首次下降，而狗狗却终生不会忘记与我们共度的时光。当你逐渐长大、成熟、老去，你牢牢记住的从来不是自己生物上的亲人，而是我们这些曾经爱过你也被你爱过、与你共同生活过又分开过的人。

此时此刻，我在距离你一千多公里之外的家里给你写信。当然，我只知道你仍然生活在那座庞大又迷茫的城市，却已不知道你的家在哪里。有些事你也许知道，但我仍然想再说一次。以前我从未说过，那是因为我和你的旧主人可以为你做；现在你已重新开始生活，那么，我们不在身边的时候你千万别忘记。

亲爱的花生，忘掉垃圾桶吧，它就是个装满危险的杯具。如果你真的相信这个世界原本美好，就根本不需要任何保护

墙。相信我，你已经足够强大。别对身边的未知产生恐惧，别自己跳进危险里。

你是这世上独一无二的、最美好的孩子，这一点不需要任何人承认，也别让任何人否认。

无论我们是否还能见面，你都要知道我始终在这里——在你有过的记忆里，在你生存的世界上，跟你看着同样的白天和黑夜，跟你过着同样的四季。你是我窗外的风景，可以经过，但绝不会忘记。纵然到你离开世界的那一天我可能无法陪在你身边，但你要知道，我们都不孤单。无论能够一起走多远，你曾爱过，就是答案。

假如我们可以重来一次，我希望，我能赶在你的旧主人之前遇见你，抱走你，带你回家。

虽然你知道这个“假如”不太可能成立，但请别提醒我。自从遇见你之后，我也可以有做做梦的权利。

还有，千万别靠近牛奶和巧克力，真正危险的玩意儿外表都很甜蜜。

好好生活，别给我丢人。

花生，你懂的。

下辈子还做一家人好不好 /Vivibear

Vivibear，畅销书作家，

生于杭州，现居瑞典。

代表作：《寻找前世之旅》《血族新娘》

1996年8月18日，你出生了。

一个月后，你成为了我们家里的一员。

2008年11月30日，你永远离开了我们。

至今还清楚地记得第一次看到你的情形。刚打开门，我就见到小小的一团雪球从房间里滚了出来。虽然这是我们的初次见面，可是你却一点也不胆怯，居然还冲着我直叫，就好像你才是这里的原住民。声音细细小小，却很有小伙子的气势。

姐姐说她去挑选小狗时，发现这只小狗最是霸道，抢食的时候还把其他小狗挤到旁边，看起来就是个厉害又不吃亏的性格，所以才特地把这只小狗选了回来。

从那天开始，你就一直陪伴在我的生命里，不离不弃。从我上

////////

从那天开始，你就一直陪伴在我的生命里，不离不弃。

大学，到进入新的工作单位，再到恋爱，结婚，最后离开中国……我生命中最美好最珍贵的时光都是和你一起度过的。

每次下班回家，你必定第一个冲出来迎接我，欢快地伸出爪子在我腿上扑腾。冬天的时候还好，夏天的时候你那爪子可是勾破了我N双长筒丝袜，也在我的腿上留下了好多“罪证”。后来我一见你扑来，只能赶紧将你拎起来放到床上，避免你的魔爪攻击。你这家伙就会顺势仰天躺倒，秀出软绵绵的肚皮，等着我给你挠痒痒，这是你最喜欢的享受了。我就喜欢看你眯着眼睛无限享受的样子，在你最舒服的时候对着你的耳朵猛吹一大口气，激得你立刻就一跃而起，无比郁闷地跳下了床……

晴朗的天气，如果我有空一定会带你一起散步。只是不知是人遛狗还是狗遛人，你在前面跑得飞快，我在后面跟得踉跄。有时一疏忽你就没影了，我不得不扯起嗓子很没淑女风度地大喊你的名字。在爸妈面前听话老实的你，在我这里总是无法无天，从没将我这小主人放在眼里。除了自由散漫目无主人，你的“恶行”简直就是罄竹难书，最可恨的就是将便便拉在路中央，害得我要在众目睽睽下用纸包起这些“黄金”扔掉。

你还是个很记仇很小心眼的家伙。记得有次我们全家出去玩，出发前忘记像往常那样和你道别，结果回来一开门可不得了，扑面而来一股难闻的臊味。原来你以随处小便来发泄自己的愤怒。不过这招可不聪明，不出意料，你挨了老妈一顿揍，还被罚到卫生间关了一夜禁闭。知道自己惹了祸时，你总是特别乖巧，好狗不吃眼前亏这个道理看来你还是懂得的。

要说你最受大家欢迎的时候就是冬天了。南方的冬天没暖气，开着空调也不舒服。这时大家都抢着要抱你，这个还没抱完那个就接了过来，就好像抢个诱人的香饽饽。毫无疑问，每次都是我占有你的时间最长，好似抱着一个小暖炉，抱在怀里全身暖暖的，比空调还管用呢。不过风水轮流转，到了夏天大家可都要远离你喽，炎炎烈日被你那毛茸茸的身体碰到，让人只觉得浑身冒汗呢。你比我们都要怕热，一吃完晚饭就跑到空调房间门口吐着舌头等着了。门一开，你蹿得比谁都快……

坐在沙发上看电视，你有时会很可恶地用屁股挤开我，然后给自己留下一个大大的地盘，你真是个贪心的狗狗知不知道？睡觉的时候你会和我背靠背，热乎乎的一团让我有种很安心的幸福感。我往里挪挪，你还会迷迷糊糊再挨上来，就好像你也觉得靠着我很安心。睡

着的时候你偶尔还会说梦话，有时急促有时缓和，虽然不知你说些什么，可是我还是会偷偷笑你。真想知道你到底做了些什么梦，你的梦里是不是也会有我的存在呢?

虽然你给我惹了不少麻烦，不过有时你也能帮上一点忙。在电视台里做编导时，正好要做一期《夏日如何养护小狗》的生活节目，想来想去我只能让你做模特了。不承想到了洗澡的环节，你还真的很难搞定，连出动了你最爱吃的零食都没用。我和摄像搭档也是手足无措，最后只好呼唤了老妈前来救驾，折腾了大半天才算大功告成。在回家的车子上，你还一直抗议个不停……喂，你好歹也算家里的一员，小小牺牲一次色相又有什么?说你笨蛋就是笨蛋，多少人想上电视还上不了，你一只狗狗居然可以这么轻松就拥有自己的小专辑，里面的配乐都是我为你精心挑选的呢！节目播出前，家人早早就通知了亲朋好友，让他们务必要看看我家小狗的处女秀，简直比自己女儿上电视还要激动……节目完成后，我就做了一张碟片，这样我们就可以随时欣赏你可爱的身影了。

你还是个爱臭美的家伙，冬天穿着漂亮的唐装出去散步时，总能得到别人很高的回头率。别人要是夸你，你就会得意地摇尾巴；可要是说你坏话，你就会不开心，简直就是一个被宠坏的小孩子。虽然是个小伙子，可你的醋性也是不小呢，如果我抱起别人家的小狗，你就会愤怒地狂叫个不停，直到我放下小狗你才善罢甘休。就连那些小鸡、小鸟也会成为你的嫉妒对象，反正我们家的人只能宠你一个就对了！

还有，说起关于你吃的方面的话题，那可真是说上三天都说不完呢。对于狗罐头，你从来就是不屑一顾。平时你的主食就是鸡翅膀、鸡腿和鸡肝，有时你吃完了也会到我们的饭桌下遛遛，看看还有什么特别好吃的没有。你是个不挑食的好孩子，肉类禽类你都吃，还适时会吃点蔬菜和水果补充维生素，最爱的就是新鲜白斩鸡。每次我们全家出去吃饭，总会特别点一盆白斩鸡，大家几乎都不动筷子，原封不动地带回来给你吃。

除了主食，你热爱的零食也是和我有一拼，口味还随我，我吃什么你就吃什么。最让人匪夷所思的是，你吃零食居然还看牌子！鱼片鱿鱼丝你要明珠牌的，牛肉干喜欢上海立丰的，猪肉脯喜欢大町屋的，偶尔也喜欢温州的鸭舌头……要是换了别的牌子你还就不碰，这到底是怎样一张神奇的狗嘴啊！

每次下班我总喜欢买一堆零食回家，边看电视边享受。只要我一坐下，塑料袋沙沙一响，你就像是收到指示一样箭一般蹿了过来，就这样特没眼力见儿地站在我面前。挡住电视屏幕不说，我的视线里就你那一脸快要流口水的无赖表情。书上说小狗吃多了零食对身体不好，有时硬起心肠想不给你，可你那双乌溜溜的眼睛可怜兮兮地望着我，让我心里

曾经和你在一起的点点滴滴，如今只能成为过往的回忆。

一软，只好把本来要塞进自己嘴里的东西塞到你嘴里去了。

别看你小时候霸道又厉害，在外对生人确实也是凶巴巴的，有时喜欢惹我，有时调皮得让人抓狂，但其实你的本性是很善良的呢。因为我怎么欺负你你都不发怒，实在被惹急了也是装模作样咬咬我的手指，从来不会用力咬下去……

回想起和你的点点滴滴，几乎都是满满的幸福和快乐，但偶尔，也会有点不协调的插曲。记得有一段时间各地严打犬类，我们这里也不例外。虽说我们已经为你上了户口，可一切还是小心为上，于是只能暂时将你送到了乡下。你离开的时候自己好像也有种预感，一直冲着我们叫……那段时间我们家里少了许多欢声笑语，每个人的心里都是空荡荡的。每次回到家，我总会期盼你的身影突然出现；无论做什么事，总是会想到你；有什么好吃的，也会下意识地喊出你的名字……

半个月后，乡下的亲戚那里着了一场火，差点把你给烧死在那里。这个消息令我们再也坐不住了，老爸毫不犹豫地作出了无论如何也要将你接回来的决定。

在汽车站再次见到你的时候，我们忍不住都哭了。你看起来瘦了不少，尾巴还有被烧伤的痕迹，仅仅半个月的时间就将你变成了这个样子。原本还精神不振的你，一见到我们就像是被打了针强心剂，汪汪直叫，激动万分地挣脱了乡下亲戚的怀抱，朝着我们飞奔而来……

这段乡下旅居生活结束后，你倒是老实乖巧了好一阵子，性格似乎也内向了很多，平时黏得我们也更紧，随时留意着家里人的动向，就像是害怕我们再次将你送到那里去。

这样的情形持续了一段时间之后，你终于又恢复了原有的活泼。我们也打定了主意，无论再发生什么，我们都不会和你分开了。

因为，我们是一家人。无法分离的一家人。

2004年，我只身前往遥远而寒冷的北欧，从此在那里和心爱的人一起生活。每年仅仅能回国两到三次的我，能见到你的机会也越来越少了。

你还是一如既往地来迎接我，和我重复以前的游戏，眼巴巴地和我抢零食吃，缠着我带你出去散步。只是——和我游戏时你的身体已经跳不上床铺，出去散步时你没法像以前那样跑得飞快，在家里你趴在地上休息的时间越来越多，你也渐渐开始咬不动那些喜欢的零食……我知道你一天天在变老，我知道这是自然规律。我知道，有一天，你会永远地离开我。可是我没想到，你的离开却是这样突然……

为什么不再等一个月呢？只有一个月而已……

2008年12月1日，一切都没有征兆。那天早上我正兴高采烈地和老公聊着过一个月后回国探亲的事，我们还说着要买好多你喜欢的东西给你。可就在聊完之后我像往常那样打开自己的MSN，发现姐姐的昵称前有一小段话——1996年8月18日，你出生了，2008年11月30日，你永远离开了我们。

当时我的脑袋里像是有什么轰地炸开，碎成了粉末，眼泪当场就流了出来。

我知道你的身体越来越差，我知道你的病经常复发，我知道你活得也很辛苦，可是，我真的没想到你就这样走了。

为什么不再等一个月呢？只有一个月而已……

你知道吗？我的老公也很想念你，他也有好久没有见到你了。第一次见到他的时候，你就对他很亲热，一个劲儿往他身上凑。我们还打趣说那是因为老公是洋人没有进化好，所以你比较有亲切感……我告诉他这次回来见不到你了，他也哭了……

整整一天，我都在家里发呆，然后不停地回忆那些往事……想一阵子哭一阵子，哭得我头痛欲裂，只恨不能立刻飞回国见你最后一面。

想到这次回来再也等不到你的迎接，

想到买再多的零食你也吃不到了，

想到再也不能给你挠痒痒了，

想到你就这样从我的生命里消失，

眼泪就一直停不下来……

接下来的几天，我就像是失了魂，精神一蹶不振，什么也不想做。除了回忆，还是回忆。只是，愈回忆愈悲伤，仿佛就这样陷入了

一个无法解脱的恶性循环。抓起电话打到家里，一开口就忍不住哭，可家人也同样沉浸于哀伤之中，反而让我的情绪更加恶劣。

老公很是担心我会情绪崩溃，很快订了去罗马的机票，请假陪我去那里散散心。

旅行或许真是舒解郁结的好方法，徜徉在罗马的秀丽风光里，我的心情确实大有好转，也想通了一些事。到达罗马的第一天，我就特地去许愿池投下硬币，专门为你许了个最美的心愿。

每次回国，我都会去露台上看看你。当时姐姐说你是我们的家人，所以绝对不会随便掩埋你，于是抱着你开了四小时车去上海，那里有专门的动物火化场。然后又将你的骨灰带了回来，安置在露台上永远陪伴着我们。或者说，能让我们永远陪伴着你。

你的骨灰前有香有花有你最爱吃的零食，还有我们，这样，你就不会太孤独了。

渐渐地，我们也接受了没有你的事实。只是老爸老妈再也不愿意养狗了。他们说自己年纪大了，经不起再伤一次心了。回家时我也尽量避免提到和小狗有关的话题，因为只要一说漏嘴，我就能见到他们眼底泛起的泪光。

房间里还摆着你最漂亮的照片，每次见到心里总是酸酸的。你的狗窝至今还没搬走，就好像你依然生活在这里。只要一开门喊你的名字，你就随时都会从哪个角落蹿出来。老爸有饭局时总是会下意识地要求将白斩鸡打包带回来，老妈路过菜场总是会下意识地询问鸡翅、鸡腿的价格，而我在超市挑选零食时总是还会下意识地挑选那几个牌子……每次见到像你的小狗总是忍不住驻足凝望很久很久，当我想要求摸摸小狗时，开口总是那一句："我以前也有条这样的小狗……"

失去重要的家人，最难的是什么？不是日日夜夜挥之不去的思念，不是随时随地涌上心间的回忆，不是从今往后无法相见的伤感，而是习以为常难以改变的习惯。

习惯为它做些什么，习惯它正在家里的某个地方等着我们回去。

之后有一次去德国的慕尼黑旅行，在天鹅堡遇见了和你长得几乎一模一样的小狗。当时我激动得难以自制，差点喊出了你的名字。站在那里，我看了“你”许久许久，终于忍不住追上了那对德国夫妻，以同样的那句话作为开场白：“不好意思打扰你们，我以前也有条这样的小狗……可惜它已经离开我了。我很想念它，没想到今天能见到和它长得这么相像的小狗，我想摸摸它，和它拍张照，可以吗？”

说这些话的时候我感觉自己鼻子酸酸的，强忍着才不让眼泪掉下来。

对方同是热爱动物的人，所以很是通情达理，女主人还很配合地让小狗和我拍照。老公抓紧机会飞快地摁下了快门，留下了我和它的好几张合影。

为了奖赏小狗的乖巧，女主人将手里的蛋卷冰激凌给它舔，它欢快地舔一口，女主人也跟着舔一口，一人一狗舔得不亦乐乎，充满了温馨和幸福。这真是——好让人羡慕嫉妒的情景……我想起了以前吃鱿鱼丝的时候，我也喜欢咬住一端，然后你咬住另外一端，用力把鱿鱼丝从我嘴里扯出去，随即乐颠颠地享受独食去了。夏天吃雪糕时，我会吃掉大半，然后将剩下的给你舔，你伸着粉红的舌头，呼啦呼啦一会儿就将雪糕舔了个干干净净……

亲爱的Lulu，我想你，只是你已经不知道了。

曾经和你在一起的点点滴滴，如今只能成为过往的回忆。

那些犹如发生在昨日的影像，如今只剩下了你的照片。

无法不难过，可是，我不要再流泪。

有人说，天堂并不存在，这不过是人们臆想出来的地方，只是因为希望以后可以和分离的家人再次相聚。

我希望真的有天堂。

我相信依然活着的人要代替逝去的家人和朋友看更美丽的风景。

所以不能再流泪，也不能再继续悲伤。

Lulu，我会带着和你在一起的回忆走更多的路，看更多的风景。

而你，也一定正在天堂微笑地看着我们吧？

谢谢你，Lulu，谢谢有你陪伴的十二年。

谢谢你给了我那么多，那么多——永远美好的记忆。

下辈子，还想和你做一家人。

相依

【拼音】

xiāng yī

【释义】

互相靠对方生存或立足。

爱你，喂饱你，永不嫌弃你 /夏七夕

夏七夕，天秤女，双重人格。

文风凛冽嚣张，擅长刻画青春的悲伤和荒凉。

代表作：《后来我们都哭了》《我和你的笑忘书》

我从来没觉得有什么样的信念能够让我生活坚强。

我从来不知道原来身在远方我一样能够感受温暖。

我从来没觉得自己做过一件比这更对的事。

接你们回家之后，我的生活遍地开花，猫飞狗跳，所向披靡，欢乐无敌。如果我有阿拉丁神灯，我一定会许下一个，唯一一个愿望，那就是希望你们的生命和我一样长。

1

我说想带一只萨摩耶回家时，QQ群里的闺蜜开始对我狂轰滥炸。

“你家都有一只猫了，为什么还要养狗？”

“你可以买只小狗玩！大狗就算了！”

“你这个每天头发都不洗的女人！怎么能照顾一只大狗！”

“猫和狗不相容！会打起来的！”

“你以后没有周末了！你再也不能陪我逛街了！你会天天围着你家的猫和狗转的！”

……

闺蜜此起彼伏的叫喊声把我淹没，却没有把我心里的念头打消。

我好像从小就对毛茸茸的东西特别爱，理想生活状态便是养一只狗一只猫，夏天带出去遛，要多拉风有多拉风，冬天暖手暖脚，要多暖和有多暖和。

不过朝九晚五的工作让我没那么多时间，加上我除了上班时间，下班还写点小说，给杂志社供稿什么的，所以日子过得特销魂，

昼夜颠倒，吃了上顿忘下顿。

就算是爱狗爱猫，也有心无力，只能爱别人家的。

在男友莫初把CC送我之前，我一直觉得自己就跟家人朋友说的一样，连自己独善其身都没法儿，更别说兼济猫狗了。

但CC的到来让我发现，就算你生活得毫无章法，但这世上总有些东西会让你为之改变，且，心甘情愿。

CC是一只白猫。我生日时，莫初把她当生日礼物送给我。我一

直觉得CC是他从宠物市场买来讨好我的，因为我第一次见到巴掌大的CC时，毛茸茸的一团雪白，像个雪球似的，瞪着一双怯怯的琉璃眼好奇地看着我，我伸指头逗她，她喵喵地舔了舔我的手指。乖巧伶俐，人见人爱。

直到现在我在微博上发CC的照片，大家都会问我CC是什么品种，一点都不相信她是只流浪猫。甚至某天，我把CC的照片作为桌

面，拉住路过的同事指给她看："看，我家的猫。"

同事狐疑地看了半天，问："你从网上下的图吧？你这个连头发都不洗的女人，怎么会养出这么美貌的猫？"

……

我力排众议地反驳："难道你们不觉得是因为近朱者赤，人美，猫才美吗？"

所以，为了保护手无缚鸡之力的美人和美猫，我得养一条狗！

噗……闺蜜群里各种喷血表情，"七七，装什么柔弱，你还手无缚鸡之力呢，缚头狼都绰绰有余。"

我不理会闺蜜的打击，英勇无畏地找了朋友，联络一家养狗的家庭。

在领狗之前，我也有各种同闺蜜一样的担心，当然并不是担心狗会把我的生活打乱，让我没有时间手忙脚乱，而是害怕自己会对他各方面的疏忽。

所以我特意在网上下载了热播剧《我和狗狗的十个约定》，哭得稀里哗啦。

看狗狗跑十几公里去寻找主人，看剧里的小女孩与狗狗的亲昵，看她小时候与狗狗相依为命，长大后却因为谈恋爱、工作忽略了狗狗，以前与狗狗一起睡，长大后却狠心地把狗狗关在门外。忽然就讨厌起了女主角，起了埋怨。

她不记得自己曾在年少时许下的会一直照顾狗狗的诺言，她不记得狗狗陪伴过她的那些孤单的日子，她不记得狗狗曾为了她奔跑数十里。

可是电脑前的我却明白了狗狗赐予的温暖和之后的孤单。

我抱着CC在她身上边蹭眼泪边说："等把狗狗抱回来了，我们一定都会很爱很爱它。"

在把小萨带回家之前，其实还有另外一个难题，那就是名字。

七七？AA？DD？QQ？叮当……

不行，我要给小萨取个酷一点的名字，喊出去都是拉风的，最后我在微博上问："大家觉得酷狗这个名字怎么样……"

然后大家都被我囧到了。

哼！他们都是地球人，不能理解我这个火星人的思维！

我念着这个拉风的名字去领萨摩耶了，但当我看到小萨眨着一双白白的睫毛，懵懵懂懂地看我时，心都软成棉花糖了。长了一副被我和CC保护的模样，怎么能保护我跟CC呢？

最重要的是，酷狗这个名字一点都不适合他。抱他回去的路上，我望着路边的招牌开始给他取名，肯德基？麦叔叔？肉夹馍？烧仙草？

同去的莫初问我："你是不是特饿？"

我心不在焉地应着莫初，继续看路边招牌，鸭霸王，霸王？小霸王？不好听。大王？大王？

对！大王！

我转头寻求莫初的意见："你觉得大王怎么样？大王！多威武的名字！"

……

我摸着怀里还眯着眼睛的小萨，自作主张地说："喂，大王，你以后就叫这个名字了，你以后的职责就是保护我跟CC，听到没？"

小萨完全没什么反应，只是朝我怀里又拱了拱。唉，看来，让他保护我和CC还有一条漫长的道路。

没关系，我抱着怀里的一团柔软，望着窗外的车水马龙，就算你不能保护我们都没关系，我来保护你们两个也可以。

虽然我知道猫和狗大多是不相容的，但我当把大王带回家那天，家里乱了套！

大王看到CC能跑能动，还是和自己一样的白色一坨，估计把她当什么好玩的了，立刻兴奋地摇着胖乎乎的小身板扑上去。

CC猛然看到家里多了个活物，而且这个活物朝自己扑来，加上猫的天性，CC已经俨然感觉不到大王的善意，面对扑过来的大王，CC咻地一下竖起利爪，迅速快捷地给了大王一掌。

大王先是迷茫，后来继续好了伤疤忘了疼，扑上去。于是，整个屋子里充满了我的尖叫，大王，你给我站住！不要追CC！CC！你给我进卧室，不准出来！

最后我累得气喘吁吁，这两个货依旧在彼此追逐得不亦乐乎。最后我把大王拎起来，啪啪两巴掌，怒斥："你给我老实点儿。"

大王无辜可怜地看着我，我叹气，把CC拎起来，一样两巴掌，不准跳来跳去引大王跑。

但CC仗着我的溺爱，脚刚落地，又开始跑来跑去，我看大王，大王很乖地站在原地吐着舌头看我。

我放心满意地摸大王的头称赞，还是大王最乖了。转身走进卧室给他们拿吃的。但当我拿着猫粮狗粮走到客厅时，看到大王依旧追着CC满屋子跑，更好笑的是，我刚走出门，大王立刻装没事儿人一样，像自己在练跑步一样，慢悠悠地跑到我面前，殷勤地看着我。

……

大王就是一腹黑范儿。

起初领回大王的一天，还挺新鲜的，看着他和CC你追我赶，笑得前仰后合。

但之后我每天下班回家，站在家门口会先吸气，呼气，吸气，呼气。即便这样，推开门后还是会暴跳如雷！

每天家里都被他们打得一团稀乱！！衣服、化妆品、袋子、数据线，全部拖在地上！他们亦敌亦友，虽然某次大王把CC吓得跳到冰箱上，并且最后直接掉进冰箱的死角里，在里面喵喵叫也出不来。

但我回家却看到CC跳到我的化妆桌上，把我买的几百块一瓶的护肤品，咻地一下扫到地上，然后大王站在地上崇拜地看着她，一看到护肤品落地，他就奔上去踩踩踩踩。

我头疼地看着他们俩。

大王一天会尿尿十几次，我没在家清扫，他和CC满屋子追的时候，又会各自踩到，于是整个房间充满了臭味。

闺蜜们开始嘲笑我。

"跟你说过养猫容易养狗难，还是这么大一狗。"

"每天伴着毛飞的日子怎么样？"

"你不是说CC和大王在你的带领下能安全相处吗？"

我欲哭无泪地把闺蜜们的幸灾乐祸跟莫初重复着："莫初，你说这怎么办？怎么办？我要把他们两个都丢出去！"

莫初淡定地摸着我的头说："那把大王放到我家养吧。"

"好！"我立刻欢呼起来。

……

我从来没觉得自己做过一件比这更对的事，接你们回家。

2

不过虽然我答应得高兴，但心里还是不舍的。

如果不是为了大王生活得好点，不用每天在自己的便便里踩来踩去，我还是会坚持把它关在家里的。

于是CC和大王开始了分居生活，我开始了辛苦的奔波生活。

因为我必须一天回家看CC，一天去莫初那里陪大王。CC是只居家的猫，每次带她出门散步，她都会胆战心惊，完全不像在家里时一副横冲直撞的模样。

大王是只喜欢溜达的狗，每天带他散步，我都要累趴下了，人家还吐着舌头在前面跑得飞快。

但他们也有很多共同点，比方说都是吃货，每次不管我吃什么东西，这两个货都会飞快地凑上来，特别是CC，平时跟她说来亲一口时，甩都不甩，扭头就高傲地迈着猫步走了。但某次我在吃蛋挞，这个货就扑上来，我不理她，继续吃，她便跳到电脑桌上，探着头亲我的嘴巴。

相比智商来说，其实我一直觉得CC比大王聪明。

CC因为长大，脑袋也变大了，有次我在上网时，她不停地来扯我，在我看她时，她便跑到喝水的杯子边，埋一下头，然后喵喵叫几声。我不明所以，继续上网，CC继续来扯我，反复几次。我终于走近她的水杯，才发现，这个家伙因为脑袋太大，已经喝不到水，暗示我给她加水呢。

而大王呢，莫初在把大王接回家后，开始变得像一头小狮子。

莫初说，每天起床闻到的是一屋子的臭味，每天出门吃饭回

家，看到的是满屋子狼藉。大王喜欢啃咬东西，给他玩的玩具，玩一会儿就腻了。他就找新鲜的玩，比方说把莫初放在沙发上的遥控器咬到地上，探究一下它的结构。把水管用牙齿一层一层咬断，试下水管的质量。把莫初放在床边的衣服全部拉在地上，踩踩，看看衣服的做工。

大王在莫初家成长的一周后，莫初这个有洁癖的人，已经变得和我一样，像我习惯拿起沾满CC猫毛的衣服一样，他拿起沾满大王狗毛的衣服，也能够淡定地穿在身上了。

都说狗认主人是看谁给他喂吃的。这话不假。

虽然我是天天遛他的那个人，但莫初天天照顾他。所以久而久之，大王便不再甩我。加上不知道是不是因为小时候我对CC的偏心，或者他觉得欺负我后，我打不到他。因为他总是蹿得很快把自己庞大的体积塞到床下，我懒得揪他。

所以他日渐嚣张，偶尔玩腻了球，就会跑过来欺负我一下。把我的水杯打翻，用爪子挡着我的电脑键盘，时不时地蹿到床上吓我一跳，每当这时，我就会抓狂地大叫莫初。然后，莫初会回头修理他，起初，修理完后，他就委委屈屈地瞪我一眼，然后钻到床下。但后来他便聪明了，他知道我一喊莫初，大概就是让莫初揍他。所以每次他欺负完我，只要看到我喊莫初，甚至是我刚转头看向莫初，他都会立刻淡定地装做一副乖巧的样子在床边摆尾巴。这就导致之后每次我委屈地说大王欺负我时，莫初回头，就看到大王淡定地在我面前经过，或者是冲我乖巧地撒欢。莫初便会觉得我骗了他，冷哼一声："大王多乖啊，你又想欺负他。"

……

我常常觉得我这么聪明一个人，怎么智商被这只狗比下去了。

还是CC可爱一点，嗯，CC是只多么独立的猫啊，人家最喜欢的就是踩在楼顶的房檐上散步，我每天把窗户打开，她饿了，或者是估摸着我下班回家了，就会回来吃东西，和我逗玩一会儿，玩够了就又出去散步了。有时候我觉得她不是我养的宠物，相反，我是她养的宠物。

闺蜜说："CC随你，凉薄，独立。"

我抗议："我哪里凉薄了，我热情似火着呢。"

"热情似火的人，麻烦把你的衣服拎走洗一下好吗……"莫初站在我身后，拎着我沾满猫毛的衣服，鄙视地看着我。

我叹息，以前只不过CC的毛满天飞，现在多了个大王，我所有黑色的衣服都沾满了白色的毛。于是我就把所有的黑色衣服都丢进了一个柜子里，塞满了柜子，没有再穿过……

但即便这样，某天去公司，找遍衣柜，除了白色衣服，其他都沾满了毛，无奈之下，我只得急匆匆地穿了白西装出门。到公司后才发现，白色西装上一样沾满了毛，只不过看不出来罢了……

我是个特别自恋的人，以前没CC、大王的时候，我经常喊闺蜜给我拍照。

但自从有了CC、大王，我便从幕前转到了幕后，给CC那个家伙拍照是经常的事。

CC就连拍照都像我，一分钟前还在青面獠牙地为了抢沙发跟我打架，但一看到我拿起相机，人家立刻摆足了骄傲范儿忧郁范儿。蹲在我新买的沙发上装无辜。

我看到她的样子，真是又无力又好笑。

CC和大王还有个共同点就是脾气特大特来劲儿，我有次忘了给CC喂水，因为我睡得沉，所以CC在床头叫我，大概我没听到，于是这厮直接跑到客厅，我半梦半醒中，听到咚的一声巨响，立刻被吓醒，冲到客厅一看，这厮把饮水机推倒了……

半桶水倒在地上，有的还洒了出来，CC正啪嗒啪嗒地喝着水，我无奈地收拾残局……

大王有次感冒了，加上天下雨，我和莫初出门没带他，回到家后，就发现整个房间像被抢过一样，柜子里的衣服丢满了地，我一千块的毛领被他的口水黏成一团，桌边的书全部丢在地上，并且满地纸屑，书被啃得乱七八糟，他不知道从哪里找出皮鞋油，啃烂，踩踩，然后跳在沙发上，于是我新买的沙发垫上布满了黑色的脚印，特别是我出去玩时，买的一个精小的瓷乐器，当初我跟老板砍价砍了半天才砍到三百，此刻也已经被大王扫落在地，变成碎片。

啊啊啊啊啊！！！

我暴躁尖叫怒吼！！莫初走上去拎起他，小心翼翼地说："你打他一顿吧。"

我低下头，便看到大王瞪着无辜的小眼睛委屈地看着我，小声地哼哼唧唧两声，好像在说：我感冒了。

啊啊啊啊！！

我冲到卧室把自己重重地抛到床上，我当初为什么要养萨摩耶这种长得卖萌又无辜的狗！！

最重要的是，你们摔东西就算了！为什么要挑我贵的东西摔！CC也同样！每次带她出门，她都会跑到车后面，在位置后面磨爪，把车后的位置抓得凹凸不平，我看着昂贵的被抓起的毛毯，无语问苍天！

随着CC和大王的长大，我也确实如闺蜜所说，渐渐没有了自由时间，白天上班，晚上写稿，周末睡觉一天，带大王和CC去洗澡一天，时间就这样过去了。

偶尔闺蜜陪我出来逛个街，我看中一样华丽丽的东西，满心喜欢，闺蜜都抛出一句："先把你家的两只货藏起来，你再买。"

……

除了家里，我的车也成为两个家伙欢乐的地方，CC最喜欢蹲在风挡玻璃前，跟一尊神兽似的，有次过收费站，人家边收钱，边稀奇地看着风挡玻璃前的白猫问："这哪儿买的，跟真的一样。"

CC立刻站起身，在风挡玻璃前走动。

"这就是真的。"我泪流满面地看着慈祥的收费阿姨答道。

不过有了大王后，CC便不往风挡玻璃前蹿了，因为大王霸占了

副驾驶的位置。

有次莫初送我上班，顺道带上了大王，莫初说，我下车之后，大王就立刻从后座蹿到了前座，霸占了副驾驶的位置不说，还企图朝他靠拢。

莫初一边开车，一边把他脑袋推开，大王便老实地趴在了副驾驶的位置，但过一会儿，大王就会朝莫初移动一点，先是把爪子搭他身上，再把脑袋靠过来，最后直接整个脑袋趴他腿上，再缓缓移动身体，最后莫初到家后，大王已经整个躺在莫初怀里闭着眼睛睡得安稳……

3

说来可笑，在养CC时，记得第一次带她去剪指甲，我都把她交给宠物店的女孩，然后自己一个人跑出去哭。虽然我知道，动物剪指甲和人类剪指甲差不多，并不会疼痛。

可是看到剪刀在它的指甲上翻飞时，我还是忍不住心里觉得疼。

而养大王时，因为我并不会挑选狗，所以买狗时，一群小萨

或许他累得也不清楚自己在做什么了，他只是想陪着我。

里，我挑的是一只最胖乎乎，看起来蠢蠢笨笨的狗，我觉得胖乎乎大概就是心宽体胖，没忧愁。

所以在大王感冒时，带他去宠物医院，医生告诉我，大王的爪子上长了两个多余的狼指，必须要做手术时，我心惊胆战地问医生，怎么会这样。

医生说，狼指一般是天生的，你买狗时没有发现吗。

我摇头，我不懂选狗。不过在那一刻，忽然我又庆幸了起来。

因为医生说，也有人不愿意给自己的狗做手术，因为价格比较昂贵，所以有的小狗长了狼指，小时候并没什么影响，但长大就不能钻灌木丛，否则，狼指刮到灌木，如果它们奔跑飞速，灌木会直接把它们的狼指撕下来，血肉模糊。

一般狗狗只长一个狼指，两个是比较少见的。

我忽然庆幸是我养了大王，我跟莫初说，做手术，不管什么价格，我只要大王没有一点意外地成长。

但我又哭了，因为我怕他疼。

做手术那天下着小雨，因为大王已经长大许多，四五十斤，为了他爪子不沾地变脏，我下了车后一直抱着他去医院，左手打伞，右手抱着他。

他瞪着漆黑的大眼睛，乖巧地看着我，觉得我要累趴下时，就伸舌头舔我的脸一下，不知道是不是当做奖励……

因为要上班，更多的因为不敢……不敢陪他做手术，所以我把大王交给医生就跑了。

听着大王在身后叫得凄惨，我的眼泪和大雨一起纷飞。

那天上班，我打碎了杯子，忘了上级交代的任务，给组员开会时不停走神，拿错文件，和同事发生冲撞。还没下班，便一个电话接着一个电话地询问医院，大王的手术完了吗，可以接回家了吗。可以了吗。

终于在晚上八点时，把大王抱回家。

看着他脚上的绷带，一路上我都在哭。

而乖乖的大王，不知道是不是为了让我不要担心，把他抱回家放在地上后，他还特意在我面前跳动了几圈才趴下休息，好像在告诉我：我很好，你不用担心。

那是大王有史以来睡得最久的一次，大概因为一整天的折磨，找不到主人，被关笼子，被送到手术室，打麻药，精神模糊，闭眼，做完手术后行动不便的腿，以及，做完手术，为了不让我担心，在我面前转的几圈的疲累。

但那晚，我起身去卫生间时，大王还是撑着身体，像往常一样摇摇晃晃地跟我到了门边，蹲下陪着我。或许他累得也不清楚自己在做什么了，他只是想陪着我。

是的，他总是会陪着我，不管我做什么。

这两年，我因为职场的沉浮，所以心变冷变硬了不少。也因为得到了一些浮华的东西，开始逐渐空虚起来。我沉溺在这个城市的灯红酒绿里，不知所谓，虽然内心依旧有不同的声音告诉我这样不好，可是我不知道怎样才是好。所以我一边浮躁一边因为内心的声音痛苦，精神很差，甚至经常晚上会耳鸣。

但有了CC和大王后，我快乐了不少。

虽然精神上仍有抑郁，但至少不会患上写字的人大多具备的抑郁症。

所以，在逛街空虚之后，在深夜望着满屋子的衣服以及一狗一猫与我大眼瞪小眼之后，我想我一个人时可以随意生活，但现在还有一只狗和一只猫陪伴我，他们那么信任我，那么乖巧，给我带来那么多快乐，我要回报他们，我要努力赚钱买套房子！免得他们与我一起再受颠簸之苦。

嗯，为了以后他们相处融洽，所以在买房之前，必须要先磨合下。

周末时，我跟莫初提议带大王到我住的房子里。

其实在大王去之前，我特怕CC受欺负，毕竟大王长成了一只威风凛凛的狗，叫一声都惊天动地的，不知道CC会吓成什么样。

所以大王进门前，我抱着CC百般安慰，不要怕不要怕。

但大王进门后，我就惊呆了，CC先是挣脱我，跳到地上。大王立刻欢快地跑上去嗅CC，CC虽然有些害怕，但还是武装得跟个小炮弹似的，伸出爪子，边龇牙咧嘴边扑上去揍大王。

于是，一分钟后，我的担心消失得无影无踪，因为，CC已经追着大王满屋子飞了，大王被她欺负得最后钻到沙发下面，因为身体太大，所以只能把头塞沙发下面，胖嘟嘟的身子弓在外面。

我笑喷，CC真是太有女王范儿了。CC抓着我的裤腿，我把她抱在怀里，CC开始淡定地看着钻在沙发下的大王，那一小表情，那叫一个斜睨众生。

不过出了门CC立刻又变回一只猫，为了躲避大王的欺负，直接钻到车座位底下，优哉游哉地睡觉。

弟弟来长沙后，和我住在一起。

弟弟说，每次我出门，CC都会飞速地跳到楼顶，然后目送我。所以从那之后，我每次出门后，都会站在楼下看看楼顶。有几次，真的看到一只小猫在上面探头探脑。

那一刻，我真心的感动。

有时候，在这个世界上，鼓励我们走下去的能量，并不来自于任何名著或信念，仅仅是温暖的一瞬间。

而这两团毛茸茸的东西，他们给了我多大的能量啊。

这一年，我花钱如流水，我贪吃我发胖，但是再也没有一刻，比这两个家伙在我身边让我更觉得安稳了。

初冬的时候，我带这两个家伙一起去洗了个澡，然后把他们带到湘江边的草坪上晒太阳。

草坪上很多家长带着小孩子在踢球，大王一下车，便兴奋得不知所以，立刻加入到了他们的队伍。那些家长小孩都很喜欢他，把球踢给他，他追上去，然后把球停在原地，用鼻子推着滚。

CC这个外出胆小鬼缩在我怀里，懒洋洋地看着大王。

这时，有个小孩摔倒了。大王立刻飞扑上去，虽然很多大人还是喜欢自己的小孩看看可爱的狗。但他们依旧怕狗会咬到小朋友，所以大王飞扑那瞬间，我看到孩子的家长很担心地也扑过去。

大王很淡定地叼了叼孩子的衣服，把他拽起来，旁边的大家笑成一团。孩子的家长也放下了心舒了一口气。

大王好乖。我夸奖着大王，大王傻乎乎地伸着舌头扑过来抱我。

抱着他的那一瞬间，我温暖了许多。

养猫养狗之后，关注其他猫狗更多了，我的微博关注里，大多都是与宠物有关的东西。

我还特意给CC和大王开了个微博叫“夏CC大王”，偶尔上去记录他们的成长。

前几天在网上看到一个很好玩的东西，猫狗日记。

狗狗日记简洁至极：

7:30 起床啦！吃早饭，我超喜欢吃早饭！

8:00 伸个懒腰！我超喜欢伸懒腰！

8:30 坐汽车！我超喜欢坐汽车！

9:00 在公园散步！我超喜欢在公园散步！

10:00 回家啦！主人摸我的头！我超喜欢主人摸我的头！

11:00 洗澡啦！我超喜欢洗澡！

12:00 磨牙棒真好吃！我超喜欢磨牙棒！

14:00 睡醒了！我超喜欢中午的太阳！

15:00 玩球！我超喜欢玩球！

16:00 看电视！我超喜欢看电视！

18:00 骨头汤！我超喜欢骨头汤！

20:00 睡觉！我超喜欢睡觉！

猫的日记却是：

我隐约记得我被这个可恶的人类囚禁已经二百七十多天了。这些天经常有我的同类从窗口经过，他们用眼神在跟我交流什么，我只是告诉他们不要着急，总有一天会实现的。

那个可恶的人类说我有些“过敏”，我觉得我有必要搞清楚“过敏”是个什么东西，然后把它当做自己的武器。

愚蠢的人类经常享用美味的鱼汤和鱼肉，而我只能吃些油腻的难闻的饼干。但是，为了保存体力，我还必须得吃。

这个人类还囚禁了一只漂亮而愚蠢的金毛猎犬，我认识这家伙，他愚蠢的程度堪比树上的鸟蛋。几乎每天他都能自由地出去玩，但是让我无法想象的是，他竟然还回来，我认为他的脑子一定是有问题，连早上的狗粮都吃得那么欢，竟然还那么享受那个人类的抚摸，天哪。

窗台下头那只鸟，我观察了他二百六十天，我觉得他就是那个人类放在这里盯住我，不让我逃跑的，还特意弄了一个铁笼子包住他，不让他受到伤害。不过，呵呵，那个笼子是挂在房顶上的，只有一个简单的钩子和钉子，我心中的计划已经大概明确了。

只要等到下一个雨天，愚蠢的人类就会过来开门窗，我只需要等到傍晚，借助房间里的凳子、桌子、橱柜，三连跳，从东北方向扑到那个铁笼子上，然后挂住摇晃几下，笼子的钩子就会滑落，在钩子离开钉子的瞬间我就能够起跳，跳到窗边的洗手槽上，窗户只要开了四厘米以上，我就能毫发无损地出去，然后我会在隔壁那一家的草地里趴着休息，一直到雨停，这时候这个愚蠢的人类或许会发现我已经逃脱了他的掌控，可能会趁着夜色来找我，但是我只要不发出声音，他一定不会发现我。也可能因为雨太大，他不愿意来找我。又或许他根本不会发现我不见了。

等到月亮升起来，我就沿着马路一直往西，与我的老朋友们会合。

看完之后，我笑得眼泪都掉出来了。

这真的极像猫和狗的心理。CC很聪明，她会每天准时叫我起床，虽然动作是抓挠咬，很不温柔。她很大力士，生气的时候可以推翻饮水机……她还很骄傲，只有在吃零食时，才会对我温柔一下。家里有装修时留下的红泥土，她把袋子抓烂，每天去玩红泥土玩得不亦乐乎，然后踮着红红的爪子爬到我的床上，跳来跳去，跳来跳去，于是多了许多红爪子印。一副有主意、天不怕地不怕的模样。

而大王，他总会吐着舌头跟着CC傻跑。

就像CC扫化妆品在地上，他配合踩一样，他就是一只讲义气的狗。

都说猫不亲人，可是CC却不一样，不管曾经的室友木木待她多好，不管后来弟弟与我同住和她多亲热，每次只要我在家，她都会睡在我的床上。

而只要我在家，她便会和我同吃同睡，不管我睡得多翻天覆地，人家一准陪着我。

而大王，虽然我在更多的日子里，充当了他的玩具，而不是他主人的角色。但是莫初说，只要我不在，大王的脾气就会异常暴躁。

虽然他们打碎了我很多昂贵的东西，虽然他们经常占我的床，虽然他们睡觉会打呼噜，虽然他们会抢我吃的，虽然我每天都要帮他们清理臭臭的粪便。可是他们会一直陪着我，会在我孤单的时候钻进我的怀里，会在我对这个世界失望时用他们无辜的眼神温暖我。

得猫狗如此，夫复何求。

4

在写这个文之前，我有很久都没有见CC了，因为要离开长沙这个城市一段时间。所以我一直在外面疯玩，连住家都少。偶尔莫初会带大王出来看我。

大王现在俨然已经成为了莫初的狗，莫初让他往东，他不敢往西。

我说："这个小兔崽子，整个儿一白眼狼，不记得当初谁买的你。"

莫初斜睨我说："CC也是只白眼狼，她还不记得当初谁捡的她呢。"

大王欺负我，CC欺负莫初。我哈哈大笑起来，这真是因果

报应啊。

我很想夏CC，也很爱夏大王。

这些，便是这一年半来，我与他们的生活。

我写了他们这么多字，回忆了与他们这么久的成长历程。

从前，好像我们大多爱感激命运感激生活，其实这两年里，我只谢谢他们。

是他们温暖了我那些孤单而寂寥的生活。

虽然我写青春小说是一个煽情高手，但是对CC和大王，我却笨拙得不懂如何煽情。

我记得他们给我带来的所有快乐，我会用相机记录他们每个月的模样，我会永远爱他们，喂饱他们，永不嫌弃他们。

可是我却笨拙得表达不出对他们的爱。

没关系。

如果时光允许，就让我一直这样笨拙地生活吧，笨拙地爱他们，喂饱他们，永不嫌弃他们。

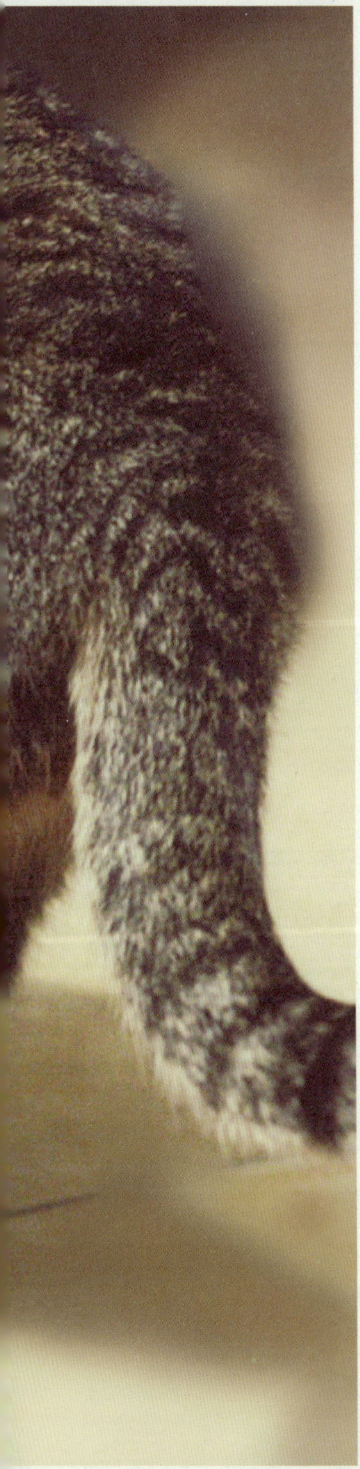

喵星来的孩子 /水阡墨

水阡墨，双鱼座，

梦想是做咖啡店的店长大人，养猫，

喜欢兔子和熊，爱犯花痴。

代表作：《再不相爱就老了》《宇宙第一初恋》

【倒霉兔子与18世纪英国贵妇】

2010年是虎年，我二十四岁的本命年。

年初的时候我去买了根红腰带，扎在腰里像村里唱大戏的土得掉渣。可是我迷信得很，指望这点红色为我驱走霉气，逢人便说自己走的是中国乡村六十年代复古风。

三月中旬，闺蜜从山东来长沙找我厮混，我们一拍即合去了衡山烧香，在并不宽敞的面包车里我被绕来绕去的山路，和司机大叔横扫千军的车技颠得晕头转向。当时我们的身后坐了一对从台湾来的老夫妻来还愿，看见我的尿样儿，老太太给了我山楂味道的怪味台湾小零食吃。在销魂的眩晕中我心里隐约有种不祥的预感，想起了上帝拿着地球仪思考如何让世界和平也没办法让中国国足出线的笑话。

为难啊，神也会为难的，我想我的霉气连衡山顶上的祝融哥都束手无策。

那一年我都磕磕绊绊，祝融哥压根儿没瞥我半眼。

闺蜜们离开是四月初，作为一个超级宅女夜猫子作者，她们离开后，我顿时陷入了狂欢后的孤独。每天醒来后天是黑的，睡觉时窗外初露晨光，日夜颠倒，全世界只剩下我一个人。

孤独症发作的墨小兔同学是很可怕的，神经质，无比暴躁，像只发疯的兔子一样在屋子里蹦来蹦去，拉完便便对着马桶大吼：吃屎去吧你！

当然有时候也会哭，因为我又一次养死了花店小姐推荐的生命力最顽强的芦荟小朋友。

看吧，我是个不折不扣的讨厌鬼，连地球上的植物都无法忍受我。在黑夜里我站在窗户边儿看被城市灯光和大气污染成橘红色的夜

空悲观地想，我一定是外星人丢在地球上的孩子，太格格不入了，真正的家在哪里？

我不知道，答案或许终其一生都不会有。

可是无论如何日子都要过，美食要照吃，电影要照看。听说王府井影城后街的宠物市场要搬家了。电影开场之前还有一小时的时间，我像往常一样去宠物市场遛弯儿调戏小奶狗们，当然王小熊同学是异常鄙视我这个不要脸的行为的，因为宠物市场的气味那叫一个黯然销魂。

于是那个喧嚣到令人烦躁的午后我和Loki的妈妈丫头不期而遇了。

那是一只非常忧郁的猫，静静地蹲在玻璃后面，金黄色的圆眼睛，浅鱼骨纹的美丽皮毛。与周围那些或玩猫爪板或睡觉打滚的猫们相比，她好像沦为阶下囚的18世纪英国美丽贵妇。她有完美高贵的出身也曾嫁给达官显贵，命运作弄她沦落至此，却拒绝任何人的垂怜。

那时她的肚子已经很大了，我想她的孩子一定也会像她那样有一双美丽的忧郁的金黄色眼睛。

店主是个叫小琪的漂亮姑娘，宠物市场里唯一的猫店。说是一见钟情也不为过，我的心在那瞬间沦陷在她忧郁的双眸里，已经开始幻想她孩子乖巧娇嫩的模样。于是我打仗似的交了订金。一公一母两只，算是娃娃亲。

我才不要让他们隔绝了同类丧失了爱情孤独地生活着。

在此之前，我从没想过有一天我平淡如水倒霉悲催的平凡人生会变得惊慌失措鸡飞狗跳。

【新手上路的兔子妈妈与最爱小熊爸爸的小老虎萨提】

五月时，太阳的温度已经十分炙热，我不出门，躲在家里长蘑菇。

店主小琪打电话给我说，有只小折耳已经满一个半月了，可以来看看了。小折耳是小姑娘，妈妈是只蓝猫，爸爸是只黑色的英短，店主姑娘家的镇店之宝。小朋友却跟父母的颜色都不同，而是一只漂亮棕虎斑，跟外婆的毛色相同——在一窝小蓝猫中间她显得格外与众不同。

可是她实在太小了，在同一窝小猫之中她显然太文静，一个多月大的小朋友瘦瘦的小骨架只有巴掌大，四肢还长了毛癣——那时的萨提是个不折不扣的小可怜儿。

店主姑娘说：你最好等满两个月打了疫苗再抱回去，这么小你不好养的。

我指着那只瘦得像小鸟儿一样的小朋友问：我能养活她吧？

店主姑娘很保守地说：理论上是可以的，注意不要让她感冒，家里要注意消毒，毛癣要喷药，满两个月打疫苗——总之除了不用换尿布，照顾一只小奶猫的工程比照顾一个人类婴儿简单不到哪里去。

幾米的漫画里将我们的城市形容为钢铁森林，在这样冷漠冰凉的世界里，有时我会感知不到任何的安全感和归属感。在所有的工作和购物都可以通过一台机器来完成，与朋友之间的交流都依靠键盘屏幕和文字的传输的世界里，慢慢地，突然有一日发现自己所有的末梢神经都已经坏死。

当一个巴掌大的小东西的一生如宿命般依附在你的生命里，人的心脏究竟能柔软到什么程度？我不知道，我已经融化了。我握着她柔软的小爪子轻轻地说：约定好了，我照顾你一辈子哦。

于是萨提小姑娘就这样正式进驻我的生活。

在希腊神话里森林之神的名字叫萨提尔，在我的眼中这个来到新家后就只会好奇地到处跑的小家伙，就像个在森林里探险的英勇的小老虎。于是王小熊先生对着这小小的一团外星生物表现出了极大的恐惧，走路怕踩到她，怕她掉进厕所里被冲走，怕她被邻居传说中的猫一样大的老鼠吃掉。

对于萨提来说，王小熊爸爸的确是一团庞然大物，站在他的脚边时仰着头就像瞭望珠穆朗玛峰。可是男人和小猫咪的组合却是那么和谐友爱，相比可爱的小兔妈妈她更喜欢大块头的小熊爸爸，傻乎乎地趴在他胸前打着小呼噜睡觉，在他的身上跑来跑去。好几次王小熊先生不厚道地张大嘴试图把她的小脑袋咬进嘴巴里，我在一边看着几乎能被雷成霹雳焦娃。

萨提小姑娘刚来的几天我内心的阴郁几乎一扫而光，因为她太小，睡觉都搂着，又怕压到她，小心翼翼地醒来就能在臂弯里找到她翻着小肚皮睡觉的小猫脸。

不过有句妇幼保健院的广告语说得好：幸福中往往伴随着意外发生，X医院四百八帮您解决意外烦恼。

虽然广告语让人忍不住在内心默默骂句“三字经”，可是套在萨提小姑娘身上却是无比的融洽——由于长沙这小孩儿脸似的天气，她孱弱的小身躯终于扛不过一场初夏的雨，华丽丽地感冒了。

那时我正在赶一部小说，我的编辑鸡腿儿同学隔两天就发出：HAIHAI，我把任务排到七月了，你抓紧啊。

身为闯荡小说界好几年的老油条作者，我总结出几条铁血规律。编辑呢，是分为不同类型的。当然不同类型要不同对待。最没水准的就是那种连环夺命每天催的编辑，累个半死，其实什么都拿不到，因为作者隐身不回话就能噎死你。

最狠的是兵不血刃型的编辑，就比如鸡腿儿这种，轻飘飘的一句：我已经申请好书号了，出版日期定好了。意思就是说，丫可以不交稿，但是丫不交稿丫就会受到道德和法律的双重折磨，丫有权保持沉默，可是丫的每一句保证都会成为呈堂证供。

在如此可怕的编辑的摧残下，工作和萨提哪个更重？

几乎没有任何的犹豫，初为猫妈的工作小狂墨小兔放下了工作，着急到食不下咽的地步。

生病的小奶猫很虚弱，吐食拉稀打喷嚏，趴着不动，看起来一副随时翘尾巴的姿态。

这下我终于明白了店主姑娘之前所说的理论上可以养活的意思，我急得快精神分裂了，按照兽医的电话遥控满大街地去买针筒。一般药房里是不卖针筒的，估计是怕违规操作。

我一口气在小区附近跑了七八个药房，终于在崩溃之前在小诊所听到天籁般的疑问：姑娘，你买针筒干吗呀？

我说：我家猫感冒了，用针筒喂药。

医生来回打量我几次，默默不语，不知道在深沉个什么劲儿。

王小熊在旁边淡定地加了一句：不要针头。

医生立刻点头，我们规定是不卖的，既然这样就给你两个吧。

我拿着针筒出门的时候，觉得满脑门儿都是大问号：有针头和没针头有区别吗？

王小熊不屑地看了我一眼：人家要确定你不是买针筒去注射毒品啊。

我差点儿暴走了：我这么热爱生活的孩子看起来像是吸毒分

子吗?

王小熊先生指着旁边银行的茶色大玻璃说：不像，你像精神病院停电跑出来的。

茶色玻璃里的我跑得面色通红狼狈不堪顿时整个人委靡成霜打的茄子。要知道，我很久很久之前就已经开始爱美了，出门时一定要小打扮一下。哪能是这副滞销存货一样的臭德行?

那段时间萨提小姑娘每天都要御用的饮品叫抗病毒口服液，王小熊抓紧她的四肢，我捏开下巴，要是被动物保护者拍到这一幕估计第二天的博客上的大标题就是：愤怒！快来人肉这一对虐猫的无耻狗男女!

后来我才明白，人心能有多冰冷，就能有多柔软。

萨提感冒好了以后，以每天一两肉的速度在生长着。偶尔她出现打喷嚏之类的症状，我已经可以像兽医院里牛X哄哄的女医生一样，淡定又熟练地单手喂药，往长癣的位置喷药，根据猫砂里的粪便来判断她的身体状况。

有些技能都是在不知不觉中磨炼出来的，当然习惯也是。

在萨提满两个多月时，她已经很能适应家庭生活了，我工作她就亲密地趴在我的腿上睡觉，我做饭，她就屁颠屁颠儿跟在我身后，会卖萌会撒娇，也会捣乱会搞破坏。

有一天我从蒙眬中醒过来，萨提蹲在我的枕边半睁半闭着眼看着我，那眼神又专注又深情，那一秒我突然觉得，或许我的生活没有我想象的那么糟糕。

整整十年的时光在一起度过，漫长的却伸出手就可以丈量的时光。

【地盘争夺战和Loki的变态成长史】

六月初，萨提小姑娘来到新家的两周后，她的独生女生涯宣布结束。我与王小熊把萨提的娃娃亲小男朋友Loki接回了家。

Loki，神话中的火与恶之神，是传说中的邪神。我们中国人的俗话说是祸害遗千年，这样的名字应该能保佑他健康长大。

他是英国小贵妇的第三个孩子，继承了母亲那双金黄色的忧郁眼睛和浅鱼骨纹的皮毛。我抱着他开门时，萨提小姑娘欢快地从沙发上跳下来迎接，我把Loki放在她面前天真地指望他们能够一见钟情。

事实上把他们放在一起的瞬间我感动得无以复加，原来萨提比Loki高小半个头，俨然已经开始有姐姐的架势了。她闻了闻胆小地往后躲的Loki，顿了顿，突然喵呜大叫一声扑上去狠狠咬住Loki的颈毛。

那时刚满一个半月的Loki根本不是大他半头的萨提的对手，土匪去占别人老窝都要抢钱抢粮抢娘们儿，在萨提的眼中Loki是个无可饶恕的入侵者。

我跟王小熊对看一眼，我一把抄起Loki，他一把抄起愤怒小战士般的萨提，几乎同时吼：不许欺负新来的！

可是社会规律就是如此，在公司里的新人总是要对早来的前辈稍微谦虚一点，等到你混成了老资格再去对比你更新的指手画脚。新来的Loki显然也懂得“我进入了别人的家”这样的道理，于是就抱着客人的谦卑姿态小心翼翼地在这个家里生活了下来。

在猫的世界里，他们的领域观念非常强烈，感受到家园被入侵后的愤怒和攻击性可想而知。最初的日子，Loki的日子非常地难过，他小心翼翼地用着萨提的猫砂盆，吃着萨提的猫粮，边吃边回头观察小熊爸爸有没有把那个发疯的小母夜叉抓紧。在我和王小熊的努力撮合下，萨提小姑娘像个小疯子一样无时无刻不找机会对Loki发动战争。

小客人Loki则无条件地抱头投降，或许他的心里会默默地在问，我为什么在别人家里？我的爸爸妈妈和哥哥们呢？我什么时候才能离开这里呢？

不知为什么，我确定Loki最初是想离开这个可怕的家的。

俩孩子无法和平共处，最痛苦的却是我，好好的一个高等智慧生物却白痴一样趴在地上劝架，而且丝毫不起作用是一件多么令人绞手绢默默流泪的事啊。

我跟店主姑娘打求助热线：小琪，萨提总是打Loki，你们家那一群猫是怎么相处的啊？

小琪姑娘无比自豪地说：小猫就是打来打去的，过一段时间就好了。

好吧，于是我天真地指望他们能不打不相识，最好再打出青梅竹马的感情来，从此“你是风儿我是傻，缠缠绵绵逛天涯”——可是这种天真的想法在我某天早上起床看见Loki血迹斑斑的耳朵时轰然破碎爆炸。

我气得快疯了，大叫：王小熊，你女儿把我儿子咬伤啦！

王小熊也抱住萨提大叫：你这个小浑蛋！

从那天早上开始，萨提和Loki开始了长达两个多月的在同一个家却隔离饭盆、猫砂盆和房间的生活。

Loki生活的房间是我的工作间，萨提小姑娘活动的空间是他的四倍，可是萨提用她尖利的小嫩指甲边号叫边挠门，一副要把这小男狐狸精抽筋扒皮的架势。而Loki则乖巧地趴在我的腿上盯着门，高度警惕那可怕的小母夜叉突然冲进来。

我想Loki对我的依赖和信任就是在那时建立的，每天喂食，梳毛，抱着他睡觉，幼年时的Loki有双忧郁安静的眼睛，在工作到筋疲力尽或者烦躁不安时，一低头看见他静静注视的目光，心里就能神奇地安定下来。

那年的夏天我的脑袋里已经完全忘记了倒霉不倒霉这回事，一睁眼就看见几只硕大的关键词：写稿。赚钱。买猫粮。买妙鲜包。买猫砂。买未来猫宝宝的猫粮。买未来猫宝宝的妙鲜包。买未来猫宝宝的猫砂。

我简直就像传说中的打了鸡血一样，欢乐地写小说，炫耀我的这对宝贝，整天美滋滋的，生活都有了奔头似的。以往一个人在家时沉默的屋子开始爆发出我的高分贝的威胁声：萨提！谁叫你进来的！不准打架！

Loki！不准把猫砂扒出来！不准和萨提打架！

不知道从什么时候开始，身为小男生的Loki已经长得和萨提一样大了。他也开始英勇地主动去找萨提的碴儿，哪里有压迫哪里就有反抗啊。解放区的天是人民的天啊，这也是老子的家啊，拼啦！

即使我在睡梦中也能听见噼里啪啦喵呜喵呜，猫语翻译过来应该是“X你妹”“滚出老子的窝”“谁准你睡我的女人了”“那个人类女人是我的老保姆”之类的争吵声。

俩孩子势均力敌，能从屋内打到屋外，再从屋外打进屋内。

我当没看见心中默默念大慈大悲咒，打死一个少养一个都是浮云啊浮云！

【变成石头的兔子和只活在记忆里的外婆】

夏天过去就是秋天，与夏天不同的是，它又不声不响地过了几个月。

这几个月里，萨提和Loki已经有大猫的架势了。

萨提小姑娘从央视九套的《亚马孙丛林》纪录片中学会了豹子姐的高贵和冷艳，开始对于卖萌撒娇一类的动作不屑一顾。而Loki很雷人地从忧郁的小爷们儿变成了爱撒娇黏人的卖萌货，他深爱着我，每时每刻都要待在我的身边。

甚至我睡梦中喘不过气，一睁眼就能看见一副硕大的猫脸在我眼前正愉快地打呼噜。幼时Loki喜欢以我的肚子做跳板，从地上跳到我的肚子上再跳到沙发上完成轻巧伶俐的三连跳——终于有一天Loki玩三连跳的时候一腿蹬得我差点吐出血来。

原来他们都有六七斤重了，已经不再是小孩子了。

////////

如果他会说话的话，会不会说，我一直在等你，我很想你？

猫的童年短暂得好似握不住似的。

二十四岁的噩梦就在我沉浸在甜蜜幸福中突如其来，中秋节前夕的早上，我熬了整夜工作刚睡下不久，突然被电话铃声惊醒。

我迷迷糊糊地拿起电话，母亲带着哭腔的声音响起来：倩倩，你姥姥好几天不吃不喝了，你快点回来吧。

我“哦”了一声，茫然地挂了电话，在电话机前呆呆地坐了一会儿，而后平静地查最近一班长沙飞往济南的机票，是售完。半小时后，我拎着匆忙收拾好的行李坐上了计程车。

早上八点从长沙出发，转北京，再飞济南几经兜兜转转，从晨光初露到了外婆的病床前已经是大半夜。

我丝毫不记得那一天是怎么过的，脑子里是空白的。

外婆是我最亲的人，“文化大革命”的时代她怀着母亲，跟出轨的丈夫离婚后，嫁给了外公生下母亲，外公对母亲视如己出。她养育着外公亡妻的儿子，而后又生育一个女儿和两个儿子。母亲二十岁那年跟父亲订婚不过十八天后，外公从隔壁村庄看唱戏回来突发疾病去世，外婆从四十几岁开始守寡，最小的孩子是我的三舅，当时只有九岁。

在农村死了丈夫的寡妇是很受欺负的，人人都看不起，她却能给两个儿子都盖上新房娶上媳妇儿，给两个女儿准备齐全的嫁妆。可是最终她老了，眼睛不好了，儿媳对她刻薄冷漠，儿子对她厌恶，因为她的“没用”把每年仅仅十块钱的花销扔在地上。

我在她的床头，看见破旧的屋子里，十几年前后院却从没给她端过一碗热汤的继子夫妇在屋子里说三道四，三舅和三舅母悔恨不已的哭声，二姨还在哭着抱怨年轻时她出力最多嫁妆最少，二舅母因为亲戚拎来的鸡蛋没送去她家只给连水都快咽不下去的外婆端来一碗没有一丝油星和鸡蛋穗子的白面汤。

外婆的这一生就是中国旧社会妇女坎坷又悲剧的缩影。

于是我在不会说不会动的外婆耳边说：姥姥，你放心我，你快走吧。

外婆咽气时是中秋节当日，从头到尾我一滴眼泪都没有掉，也不难过，我盼望她去另一个世界，这里太苦。

从山东回到长沙后，我很长一段时间里对什么都提不起兴趣。

Loki并没有忘记我，他在我的腿边蹭，冲着我叫，对着我撒娇，用嘴巴蹭我。萨提也一反常态地过来趴在我的腿上睡觉。以前觉得非常有趣和快乐的时光却让我完全无法提起兴趣。

我觉得烦，厌恶，看见他们在打闹都觉得非常碍眼。

我觉得自己身体内部有什么东西在发生变化，外婆走了，我的一部分情感也死掉了。

白昼和黑夜交替，太阳东升西落，世界周而复始。

我按部就班地生活，与朋友聚餐时大笑，逛街时对漂亮的衣服爱不释手，在网上跟编辑因为交稿时间讨价还价，与闺蜜一起抱怨物价上涨太快八卦某明星的坊间传闻。

可是自己一个人在家时，看见萨提和Loki这对越长越漂亮，油光水滑的皮毛除了睡觉就是玩闹的家伙内心充满了冷淡和疑问。

我心里在问自己，不公平，为什么这么不公平？

为什么做猫要比做人幸福那么多？

已经不会大哭也不会大闹，我坐在客厅里意兴阑珊地看着电视，俩孩子靠着我睡觉，我听见自己骨头缝隙里冷得发抖的抽气声，胸腔里装的不过是块跳动的石头。

王小熊先生整个冬天都小心翼翼待我，给我温暖和温柔。

除了他，Loki是最爱我的人，无论我如何推开他不理他凶他，他都会像做错事的小孩子一样小步小步地蹭过来。光滑的皮毛，圆滚滚的身体偎依在身边，很暖——可是皮肤上温度如何才能传达到心里呢？

一个人的心能多柔软，就可以坚硬到什么程度。

二十四岁，真是倒霉透了。

【不想死去的小兔妈妈
和很想很想你的Loki】

刚失去了外婆的兔年，母亲决定全家来长沙过年，一个是让祖父母了解下我生活的地方，另一个是让刚失去母亲的母亲换个环境散下心。

家里一下子来了好多人，从没见过这么多人类的孩子们吓得东躲西藏，每天都缩在小小的角落里。当然我丝毫不同情他们，我麻木不仁，我冷漠地躲在自己制造的茧中轻言欢笑，把这个年景过得无比热闹。

看见他们犹如被遗弃的孩子躲在看不见的角落里，我心里有种平衡感，是的，每个人无论是谁终将因为时间会被遗弃，老了没用了，就会被遗弃。

我的内心有种微妙的痛恨感，而这种痛恨如跗骨之蛆让人恶心却又神奇地得到一点点的救赎。

人心有多冰冷就能有多柔软

除夕夜时小区里到处都有放鞭炮的，我在工作间里拉开窗纱往外看。北方习惯守岁，全家一起看《春节联欢晚会》时，我突然听见Loki在工作间里怪里怪气地叫。

我走进工作间才发现Loki趴在窗户边上，天，我竟然忘记关窗纱，Loki在那里叫可是却看不见萨提——糟了，肯定掉下去了！

这是八楼，即使是有九条命的猫我也不认为她可以幸运地活下来。

那一瞬间“再也见不到萨提”的恐慌让我的脑袋里成为真空状态，时间和空间感都消失了。死亡这件事如此清晰地摆在眼前，重要的人的生命在眼前逝去，前一秒还是温热的后一秒就再无气息，永远地，再不会回来了。

几乎是立刻，我跌跌撞撞往楼下跑，跑到一楼窗下的空地很怕自己看见满眼的血肉模糊。太幸运了。什么都没有。我茫然地站在原地，心里的庆幸越放越大，这时我听母亲在八楼喊我：没掉下去，钻衣柜里去了！

真冷啊，南方的冬天好似吸满了水的海绵，手脚都迅速凉透。

可是血液重新开始流动了，滚烫的血液流经全身动脉经脉直达心脏，突如其来的复苏让我感觉到久违的疼痛。

不能再失去什么了。

我大口地喘气，眼泪汹涌地往外流。

在心房里酝酿了太久的眼泪流出来以后，人突然活了过来——或许人类就是一次次地死去再复苏的动物。

只要内心深处那粒种子还在，总有灵魂会拉着手静静地用微弱的爱来为它汲取温暖，只要还在呼吸，总有一天，它会醒来。

有时候我会觉得很抱歉，萨提和Loki只有我，我要拿走他们的幸福或者生命轻而易举。而他们——或许不懂如何给我带来幸福和快乐，可是他们只是单纯地想待在我身边，一直，最好到死。

在最初将他们带回家的时候，我只是太寂寞了，养只团子似的宠物在身边陪伴而已。得给他们一个家，直到死，我才能放手——这才是猫孩子们将生命交托与你时，你该有的坚定的觉悟。

当“陪伴宠物”的概念在相处中点滴成为“我的孩子们”这样的概念，你会因为工作调动就把自己的孩子送走吗？

你会因为孩子在家里打破花瓶在地毯上拉屎而将他们扔出家门吗？

你会因为他做错事而从此厌恶你的孩子吗？

你会——遗弃他吗？

时间是2011年3月，温度开始复苏的春天，我重新理解了“生命的意义”，彻底走出了那片阴霾——有些思念我也只能将它遗留在记忆里了。

春暖花开的日子，我与朋友去了云南旅行。走过丽江看过雪山，晒了不要钱的阳光。在生病时有陌生的客栈老板娘做软软的粥给我吃，也有网友的朋友来探病，人与人之间不再有隔阂，在大研的客栈院子里对着一树樱桃花东拉西扯大声地笑。

而后去看上关风下关花苍山雪洱海月，在风花雪月里吹着洱海边的风坐在花树下看苍山日落。

那样美丽的日暮，眨眼间好似这一生都融化在这深蓝浅紫的晚霞里。

在旅行的途中我不止一次地在想那俩孩子会不会寂寞，或者干脆忘记我。作为记忆力很差的喵星人，遗忘也是可以原谅的——可是说不失望是不可能的。

忐忑间，回家时我打开门叫了声：Loki!

在沙发上睡觉的俩孩子抬起头，Loki顿了顿，喵呜大叫一声冲过来。

我顿时受宠若惊了，不仅没有遗忘，还有，我很想念你吗？他也懂得思念之情了吗？

如果他会说话的话，会不会说，我一直在等你，我很想你？

【Loki的恋人癖和时间是把杀猫刀】

上面的话题真是沉重，王小熊先生总是说他养的兔子是个哲学家，应该开堂授课，广施善缘，拯救世界的责任就交给超人、蜘蛛侠、L、旋涡鸣人、路飞，还有你了。

我瞬间又被他雷成霹雳焦娃，问：我是不是还要开坛作法，顺便捉个妖驱个邪什么的？

不记得什么时候了，王小熊先生有天问我：你是想做一个快乐的小傻子呢，还是做一个痛苦的哲学家？

在我们家快乐的小傻子就是Loki小朋友，痛苦的哲学家就是我，而快乐的哲学家是萨提。

不知道什么时候，我发觉萨提开始习惯性地稳健地趴在极远的地方观察一家的生活。在Loki成年后在欢脱路线上杀出一条血路，越来越不像一只公猫以后，处在求偶年龄的萨提姑娘就再也不看他一眼了。

即使如此完全脱离了“忧郁”“猫美少年”“小乖乖”这些萌系词汇的Loki也完全没有成年男猫的觉悟，对萨提这样冷艳的美女丝毫不感冒，而是每天跟着我的脚跟孜孜不倦地在屋子里跑来跑去。

只要我叫一声“Loki酱”，他就立刻兴奋地回应一声“喵呜”跑过来站着抱小腿求爱抚。有时我在厨房里做饭，孩子干脆抱着我的小腿不撒手，我只能“囧囧有神”地像残障患者那样拖着一条腿走来走去——不知道他的英国贵妇妈看见他这副脑残的样子会不会后悔把它生下来。

偶尔王小熊也会疑问：他是不是小时候缺爱现在恋母？

这个事情很严重，马上被列为我们家S级的观察任务，因为俩孩子一岁多了，按照猫界的年纪已经是要谈恋爱生小奶猫的年纪。那边一堆觊觎小奶猫的闺蜜们虎视眈眈，你就按照你们的规矩大意地结合就好了，玩儿什么恋母？

可是很坏菜的是，萨提是绝对不喜欢Loki的。女孩子眼中的王子应该是身体强壮有着洁白或者纯黑的光滑皮毛，能从一楼矫捷地攀爬到八楼，有着深情邪魅的眼神和王者般的“霸气侧漏”，它们来去如风，很酷地敲开玻璃，为心爱的猫姑娘送上限量版的鱼子酱妙鲜包！

而更坏菜的是Loki才不在乎她到底喜不喜欢自己，因为他更喜欢的是人类。比如家里这只巨型的墨小兔姑娘有75D的柔软胸部可以揩油，还能蹲在她的脚下看她的内裤穿的是性感的黑还是卖萌的粉，更鼻血的是巨型墨小兔还会跟他一起洗鸳鸯浴，搂着小兔的脖子洗澡才是猫生最低调的奢华——不过老子最讨厌的就是电吹风了！简直吓死爹了！

面对这一对不合拍的孩子我不止一次地开始怀疑我失败的家教，青梅竹马两小无猜是多么美好的词汇，我甚至有段时间迫不及待地想要看见猫宝宝。那娇弱的小身躯稚嫩的叫声闭着眼在萨提的肚皮下拱来拱去地吃奶。

不知道什么时候，我已经开始怀念他们小时候的样子了。

听说作为母亲的心态就是如此，一边希望孩子快点长大，等孩子长大离开身边后才会奢侈地怀念他幼年的依赖。

——算了，说不定现在这样最好，不会有孩子来分走小兔妈妈的爱。

【可以丈量的时光和最终的约定】

2011年的平安夜，我烤着火箱吃着零食与王小熊先生看湖南卫视的《快乐大本营》。家里的两盆芦荟长势妖娆，盆栽九里香和非洲茉莉叶色浓稠，王小熊送给我的小雏菊在水中静静地绽放着。

而我的两个猫孩子则静静地依偎在沙发上打呼噜，那甜蜜的，相依为命的模样。姿态与我和我的王小熊先生如此相似。

他们会打架咬破对方的耳朵，为了一包妙鲜包而争得你死我活，还会因为小兔妈妈抱了其中一个所以另一个躲得远远的表示抗议。

可是他们也会一起扒翻垃圾篓，一起玩同一块鸡蛋壳，也会一起搞破坏把沙发当猫爪板在我愤怒的大叫声中掩护对方逃窜。有很多次我看见他们一起蹲在窗户上看着外面的小区里笑着叫着的小孩子。

他们或许永远都无法学会和平相处，也无法懂得什么叫相爱，

//////////

请无论如何不要忘记，我一直爱着你。

可是他们更离不开彼此。

还有四个月他们就要满两岁了。

蓝鲸可以活一百岁。大象可以活七十五岁。马可以活五十五岁。长颈鹿可以活三十岁。海豹可以活二十岁。大熊猫可以活二十岁。

猫的平均寿命是十二岁。

人类的平均寿命是六十八岁。

整整十年的时光在一起度过，漫长的却伸出手就可以丈量的时光。

曾经很红的日本电影《我和狗狗的十个约定》里，第十个约定是：当我离开这个世界的时候，请你目送我离去，因为有你在我身边，我才能幸福地去天堂旅行。所以，无论如何请不要忘记，我一直爱着你。

这部电影是当代猫奴狗奴们的必看教材，我们很难去相信身边的人，隔着网络相处，互不相识的邻居，把人类消磨得太荒芜太冷漠。

这群从其他星球来的孩子，他们说不定是命运派来的使者。

我的来自喵星的孩子们，很高兴你们能来到地球，来到我的世界里，陪我在陌生又寂寞的人生旅行中走过长长的一段路。你们不用陪我到最后，无论如何人类这种单独的个体都要独自学会长大和坚强，学会填补内心的空洞和梦想。

也许前路坎坷，但我会好好走下去。

若到了你们远去的那天，请安心地离去，无论你的灵魂要去哪里，请你不要忘记，谢谢你，我一直从内心里深深地爱着你。

永远 /阮笙绿

阮笙绿，

青春暖伤文学代表作者，文笔温暖治愈。

代表作：《掩埋在尘埃下的那些年华》《在你心上流浪》

1

第一次见到暖丫时，我刚从家里回到自己在外面租住的临时小窝，外婆的葬礼已经结束一个星期，妈妈怕我伤心过度什么都没告诉我，我从妹妹不小心说漏嘴的电话中得知这一消息奔回家时，家里已经恢复平静，外婆的衣物和老照片通通都随着外婆一起焚化，去了另外一个世界，而外婆存在过的证据，也只剩下郊外那块没有温度的墓碑。

我不明白妈妈为什么一张外婆的照片都没留下，我觉得她薄情，但是当时家里的气氛实在是很差，妹妹一直在哭，妈妈沉默不语，那些指责的话，最终还是没说出口，就赌着一口气收拾东西离开了家。

那天我将赶来安慰我的周小哥赶出门，关了手机独自一个人哭了很久，眼睛肿得无法闭合，整夜失眠，外面的雨已经下了一整夜，到处又阴又冷，一切都糟糕透了。

天快亮的时候，我靠在窗边看着外面的雨幕发呆，天空灰蒙蒙的，没一点生机，就在这个时候我听到窗下传来几声微弱的猫叫声。叫声很细很小，却透着股绝望的凄厉劲，即便在哗啦的雨声里也显得很刺耳，我从窗户伸出头往外看，就在一辆银灰色的车旁边看到一团小小的、白色的、跌跌撞撞挪动着的身影。

那是我和暖丫的初遇，没什么特别的，就是在我最痛苦的时候，遇见了被抛弃在大雨中的幼猫。

我打着伞走下楼，将她捧在手心里，她很小，很弱，身上的毛稀稀拉拉的，全部粘在身上，眼皮红肿肿地粘在一起，张着嘴却已经发不出声音，只是用柔弱的粉红色小爪子使劲地……使劲地抱着我的手指。

亲人离世和被亲人抛弃，这两种痛哪种更甚？我不知道，只知道，那一刻我对这个小东西产生了一种惺惺相惜的奇怪情感，毫不犹豫地将她捧回了家。

临时决定收养小动物的后果必定是兵荒马乱，我拿了条干毛巾将她包起来，看着她的毛慢慢干透，呼吸也均匀下来就打电话将周小哥从睡梦里叫了出来，等他一身潮湿从雨里闪进门的时候，我正翻箱倒柜找鞋盒，准备给她铺个临时的窝，可是找来找去都没有合适的，就索性从床上抽下来一个抱枕丢在地板上，一个临时的窝就这样“建”成了。

“老佛爷，您这是……”周小哥知道我心情低落，说起来话来小心翼翼的，进门半天才看到包在毛巾里的某生物，顿时笑了起来，“这耗子怎么你了，被你折磨成这样？毛都没了，你拿开水浇它了？这样可不行，这属于心理变态。”

我知道他是故意想逗我笑，就没理他，转身将被他称为耗子的幼猫塞进他手里，说：“这只耗子叫猫，我要养她。”

“养她？你确定？”周小哥相当惊讶，“你连乌龟都能养死。”

“这次不一样，我会很用心，会把她当亲生的一样养着。”我咬咬牙指了指地上，“你看，我连最喜欢的抱枕都贡献出来了。”

周小哥打开毛巾，戳了戳不停颤抖中的幼小生物，再抬起头时脸上的疑惑已经消失得一干二净，只剩下阳光灿烂的笑：“这么说，我要当爹了。”

“臭美。”

我抬脚踢向他，被他灵活闪过，中间还不忘记抬起幼猫的后腿很流氓地鉴定了下它的性别：“哟，是个闺女，不错不错。”

“把闺女还给我。”我一把抢过幼猫，将她小心翼翼地放在抱枕上。

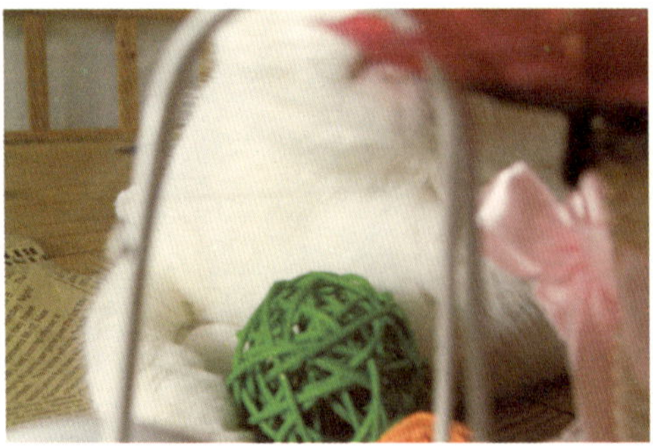

然后要做什么，就完全不知道了，完全没有养猫经验的我不得不上网查了关于怎么喂养幼猫的相关信息，边查边让周小哥记录。

“记住啊，幼猫不能直接喂牛奶，会消化不良，最好喂猫奶粉，明天要去买猫奶粉、猫砂，对了，还要去买瓶眼药水。”

“买眼药水干什么？”

“眼药水倒了，空瓶子给闺女当奶瓶用，论坛上这么说的，猫太小不会自己喝奶，最好用空的眼药水瓶子，放开水里煮沸几分钟消毒后装上冲好的奶粉喂给她喝……”

我边查资料边念念叨叨，念了半天没听到周小哥的回应声，回头一看，他正用我房间里的小天平给“闺女”称体重。

“100克。真轻，才100克。”他抬头看我，“我们的目标是把她养成十斤的大胖子。”

100克。

我愣了一下，眼眶忽地又红了。

100克，这就是一个生命的重量吗？

那么，外婆，你离开这个世界后，是否世界也只轻了100克，然后就恢复如常，再没有什么变化？

人怎么可以这么渺小而脆弱呢？

在我心里重如泰山的事情，竟然只有100克的重量，到底是这个世界太薄情，还是我自己太放不开？

我又哭了，完全不受控制的，周小哥手足无措地走过来抱我，哄小孩一样拍着我的背，说：“别哭了，你看，外婆走了还给你送了礼物，这个猫闺女肯定就是她怕你太孤单送给你的，看她多疼你。而且，我也会陪着你，上山下海的，这辈子算是耗上了。”

我还是在哭，声音都开始沙哑了，这时候幼猫摇摇晃晃地从抱枕上站了起来，眼睛明明无法睁开，却准确无误地冲着我的方向，虚弱而娇柔地叫了一声：“喵。”

那是一种什么样的叫声，我无法形容，只是觉得心头被柔软的羽毛轻轻刷过，又酸又痒，眼泪不由自主地止住了。

我想这就是传说中的“治愈”，而悲伤中的我，被一只刚刚经历过痛苦的幼猫娇柔的叫声治愈了，因为我听懂了她的声音。她明明自己也很痛苦，却在对我说，不要哭，今后我的生命中只有你，我会陪着你，一直一直……到我生命结束的那一刻。

2

我给幼猫起名叫暖丫，周小哥问我为什么？我回答说，因为遇到她的那天很冷，她一直在发抖，我希望她接下来的人生……哦，不，是猫生，我希望她接下来的猫生都只有温暖。

周小哥问我，叫“暖暖”不是更好听点吗？

我冲他翻了个白眼，答：贱名好养活，比起文艺腔的“暖暖”，“温暖的丫头”听起来不是更加亲昵可爱吗？

周小哥恍然大悟，怪腔怪调，笑我：其实，你也想当个温暖的丫头吧？

我没理他。好吧，他说对了。

那之后，我一直都没回家，也没主动联系过家里，妈妈几次给我打电话，告诉我爸爸给我找了新工作，是在一所实验小学里当代课老师，催我快点去报到。我含糊地应着，挂了电话，却完全没有一点想要动身的意思，我知道，我不会去的。

对于家里为我安排好的一切，我有种条件反射的抵触情绪，从小就是，那么清楚地知道自己不会去当老师，倒也不是讨厌老师这个职业，而是，我讨厌爸爸和妈妈从来不和我商量便自以为是地决定好我的人生，我觉得自己根本不被尊重，或者说，他们觉得尊重对我来说是没有必要的。

比如说：

我正兴致勃勃地学着各种游戏就被送进小学开始朝八晚五，那年我才五岁，每天写作业背课文，至今不会踢毽子、跳皮筋。

好不容易跟一帮比我大的同学混熟了，又被告知要复读，不能跟熟悉的朋友们一起升学。

当校长的爸爸会不时地叮嘱老师对我严格要求，于是我得到的是更加繁重的作业和似乎永远都做不完的数学试题。

……

我知道他们爱我，可我不快乐，这不正常，也不正确，就像我永远也无法接受怕我伤心过度而没通知我回去见外婆最后一面这个可笑的理由。

所以我要反抗。

我将自己伪装得很忙，忙的内容当然是暖丫的吃喝拉撒，眼睛还未睁开的奶猫真的跟人类的婴儿一样难伺候，我在当妈的劳累和欣喜中痛并快乐着。

给暖丫喂奶是个十分艰巨的任务，她的嘴巴张开也只能叼住眼药水瓶子的顶端，我要一点一点地往外挤奶，速度不能快，否则她来不及吞咽会呛到，也不能太慢，跟不上她吃的速度，会招来她的不满……通常一顿奶喂下来，我的胳膊已经酸得抬都抬不起来了。

而且，奶猫跟婴儿一样，很容易就饿，通常三四小时就要喂一次，晚上也不例外，无论半夜几点，她只要一叫，我便如同受到召唤的斗士一样，从床上一跃而起，冲奶粉、喂奶，动作越来越娴熟，以至于到了后来，半夜再起来喂奶时，我都是闭着眼睛完成这一切的。

吃完了要拉，这是动物的本能，但是奶猫如果太小，根本不会排便，这个时候猫妈妈会舔奶猫的屁屁周围，刺激它们排便，而暖丫显然享受不到这一权利。

“怎么办？”面对只吃不拉的暖丫我对着周小哥愁眉苦脸。

“要不，你来代替猫妈妈帮她一下？”周小哥也很无奈。

不要哭，今后我的生命中只有你，我会陪着你，一直一直……

“这这这……”我结结巴巴指了指暖丫的小PP，使劲摇头，“显然不行，这有违人类的常理。”

“谁让你真舔？用柔软点的布沾点温水按摩一下不就行了？”周小哥大笑。

按照他的方法，我试着按摩了下暖丫的小PP，终于，暖丫在进入我家的第三天成功地拉了，这历史性的一拉，让我欢呼雀跃了很久，那阵子我几乎忘记了所有的烦恼，全心地快乐着。

接下来，暖丫的眼睛睁开了，暖丫终于不像耗子了，暖丫叫声变大了，暖丫走路稳当多了，暖丫会一路小跑围绕在我身前身后……

我的生活被这个小东西充斥着，我没时间理会那些烦心的事，没时间不开心，我假装自己有着充实又完美的人生。

可是，假的就是假的，再完美的伪装也有被拆穿的一天，那一天，我拎着大包小包的泡面、零食和猫玩具回到家里，就看到一脸盛怒的爸爸妈妈站在门口，我知道，我再也装不下去了。

“手机不通，家也不回，给你找了工作，你也不去，你到底想干什么？”

见了面老妈就连珠炮一样发问，我低着头，一声不吭地走过去开门，将他们让进屋子里，这时候暖丫听到我回来的脚步声，从抱枕上一骨碌爬起来，撒欢似的朝我奔了过来，奔到一半看到紧接着进门的爸爸和妈妈，又立刻停住了，怯生生地缩着脖子不知道是该继续跑还是该躲起来。

我蹲下去摸了摸她的头，将她抱回抱枕上，才回身对爸爸妈妈说：“我这阵子挺忙的，再说我也不是完全没工作，我一直在给杂志社写稿子。”

虽然没名没钱，但是自由撰稿人也算是一种职业，虽然这种职业在爸爸妈妈眼里根本就是不务正业。

“写稿子有稳定收入吗？有人给你买五险一金吗？你总不能一直这样，老了写不动了怎么办？”妈妈又是一连串的发问，问得我毫无招架之力。

她总恨不得我的人生就是一张她画好的图纸，她能从现在看到我生命终结的那一刻，每一步都是计划好的，绝对不会有差错，这样她才放心。

可我觉得她幼稚，这怎么可能呢？

我低着头不吭声，这时候一直没说话的爸爸突然开口了：“给你最后一个星期的期限，下个星期还不报到，就给我搬回家去。”

“还有这只猫，赶紧处理了，你连自己都养活不了了，还养猫？”妈妈指着暖丫补了一句。

无辜的暖丫听不懂人类的争吵，只知道妈妈看它的眼神不太友善，害怕地蜷缩着身子，一动不动，黑溜溜的眼睛里满是无助。

“我不会去报到的，也不会把暖丫丢了，反正从小到大，我做什么事你们都不满意，就继续不满意下去吧，我饿不死就行，其他的不用你们操心。”我倔犟地丢下一句话，抱着暖丫进了卧室，然后重重关上房门，再没出去过。

那天爸爸妈妈很快就走了，似乎被我气得不轻，我取得了短暂的胜利，为了防止他们再找到我，当天晚上就收拾好行李，连夜搬去了周小哥的小公寓里。

“你这是逃难呢？还是躲债？”我的突然到来让周小哥很是意外，但等我说明白来龙去脉他就不说话了：“住这里吧，住我这里总比你在外面乱跑要安全些。”他只能这么说。

“你说我爸妈是不是很过分，我怀疑我根本不是他们亲生的，他们除了否定我的存在价值，就不会做点别的吗？”我霸占着周小哥家的沙发，急着让他评理。

“你这是逼我说我未来岳父大人岳母大人的坏话，你太恶毒了。”他对我摇头。

“可我是你未来媳妇，你向着我是应该的。”我嚷。

“那也不能说岳父大人岳母大人的坏话，我是不会屈服的。”他梗着脖子一副大无畏的样子。

“你个狗腿子。”我恨恨地将沙发上的抱枕使劲朝他丢了过去，转身去抱暖丫，再也不想理他。

3

在周小哥家住了不到一个礼拜，就在暖丫终于脱离奶粉，能吃些泡软的幼猫猫粮时，我发现我搬来周小哥家是个完全错误的决定。

我妈找到了我，周小哥把我出卖了。

当妈妈堵住我，问我到底想怎么样时，我再也忍不住大声嚷了起来：“我就想自由自在地生活，做自己想做的事情，我不靠你们，就算饿死了也不连累你们，这样也不行吗？”

嚷完，狠狠地瞪了周小哥一眼，抱起暖丫就冲出了门。

那天正好是冬至，外面很冷，天阴沉沉的似乎要下雪，我只穿了件大毛衣冻得瑟瑟发抖，也许是感觉到我的颤抖，暖丫在我怀里不安地叫了两声，然后伸出舌头舔了舔我冰凉的手背，似乎是在安慰我，不要难过。

“暖丫。”我坐在街边的长凳上抱着暖丫喃喃自语，“还是你好，不会出卖我，不会逼我做我不喜欢的事情。只有在你面前，我才觉得自己有存在价值。”

“喵……”她在我怀里抬头看我，湛蓝的大眼睛里满是担忧，似乎是在担心我，也似乎是想要劝我回去。

“从此以后，就我们两个相依为命吧，就我们两个也没什么不好。”我抱紧它，将一句气话说得无比悲壮。

一个下午就这么迷迷糊糊过来了，晚上天空开始飘起了雪花，暖丫开始饿了，在我腿上“喵喵”乱叫，我的肚子也打起鼓来，有点想念家里的热被窝，可是自己跑出来又自己跑回去这也太没面子了，所以，我决定死撑着。

手脚都开始麻木时，周小哥突然出现在我面前，手里捧着两个热乎乎的烤地瓜，递到我手上，咬牙切齿地对我说：“我在街口站着看你一下午了，就想看看你能撑到什么时候，你行，撑了一个下午，

脸都冻青了，还在死撑，你是属忍者神龟的吧你。”

“叛徒，别跟我说话。”我很有骨气地扭过头去，但是烤地瓜的味道实在太香，忍不住还是先把烤地瓜接了过去，然后继续扭头怄气。

“行行行，我是叛徒，神龟拜托你先把壳穿上吧。”他半怒半笑地将大衣披在我身上，还不忘补一句，“你妈回去了，临走前让我转告你，你不当老师也行，但至少好好去找个工作，稿子业余写就是，想全职必须等收入稳定了再说，暖丫送不送人也随便你，只要你能照顾得过来。”

“真的？”我几乎怀疑自己听错了。

“真的，你赢了，开心了吧？你妈眼眶都红了，看起来特难过，你是不是感觉特好？”周小哥凉凉地问我。

“我也不是故意想气她，是她太霸道了。”赢了一场战役，我一点也开心不起来，底气反而越来越薄弱，“她没真哭吧？从小到大，我还没见她哭过……”

“在我面前是没哭，谁知道转过头去有没有哭，反正我看她抹眼泪呢。”也不知道是不是故意吓我，反正周小哥说这句话的时候表情和语气都特夸张。

我没说话，暖丫过来蹭我，我摸摸它的头，心里很不是滋味，她似乎看懂我的心思，不再烦我，转而去蹭周小哥。

周小哥从口袋里摸出一包妙鲜包打开放在暖丫面前，暖丫立刻狼吞虎咽地吃了起来，他拍了我一下，半真半假地抱怨：“你看把咱闺女饿的。还说你妈霸道，你就不霸道了吗？你带暖丫出来前问过暖丫吗？你怎么就知道她愿意跟着你在外面受冻挨饿？”

是啊，我没问过暖丫，只是觉得我是主人，我把她养大，她理所应当服从我的一切安排，人类也许都有这种自以为是的陋习，我自己都是这样，又有什么权利去怪别人呢？

“算了，先回家吧，你是想去我那儿，还是继续住你的小猪窝，都随便你。”等暖丫吃完东西，周小哥将她抱起来裹进棉衣里，拍了拍我的头，“其实吧，人一旦长大，自由就变成相对的了，你可以做自己喜欢的事，但至少要在生活无忧的条件下吧？每次都撂狠话：我不靠任何人。但是你想想，月底的时候谁给你交的房租？你饿得快横尸的时候谁给你收的尸？每次回家谁往你包里塞肉塞钱？你赚那点钱，只用来零花当然觉得挺充足的，真亏你好意思说独立说自由。明明就是个豆芽非冒充大树，人的叛逆期再超长也该有个限度。”

“可我真的不想再被家里管着了。”我喃喃地嚷。

“那就拿出个真正独立的样来给大家瞧瞧，一边嚷着独立一边吃着家里，算怎么回事？”周小哥这次真有些生气了。

我……

我低着头，一句反驳的话都说不出来，最后只能任由周小哥像领走失的孩子一样把我领回家，然后狠狠地生了一场病。

没脸回家，生着病也不能回自己的猪窝，于是我只能继续在周小哥家蹭吃蹭喝蹭床睡，周小哥一边上班一边照顾我和暖丫，累得够戗，所以时常会冲我咬牙切齿。

“我上辈子欠你的。”

我吸吸鼻子，抱着暖丫缩在空调下装失聪，暖丫更是不客气地在我怀里打起了呼噜，吃饱了撑到了的一人一猫看着厨房里一边抱怨一边洗碗的伟岸背影，就这么又满足又愧疚地渐渐睡去了。

4

我终于去找了份工作，在一家公司做经理助理，每天朝九晚五，工作不算多喜欢，但因为是自己选择的也没什么怨言，被难缠的上司刁难过后，还偶尔会想，其实当老师也不错，至少在没课的时候可以做点自己的事情，还有暑假和寒假，福利也不错，很多职业都比不了。这么想着又骂自己贱，于是把键盘敲得噼里啪啦。

晚上在家还要忙着赶稿子，每每到半夜都累得想撞墙，无力感越来越重，但是想想这就是我自己选择的路，又真的说不出一句怨言，只能将头埋在被子里，大喊大叫着发泄情绪。

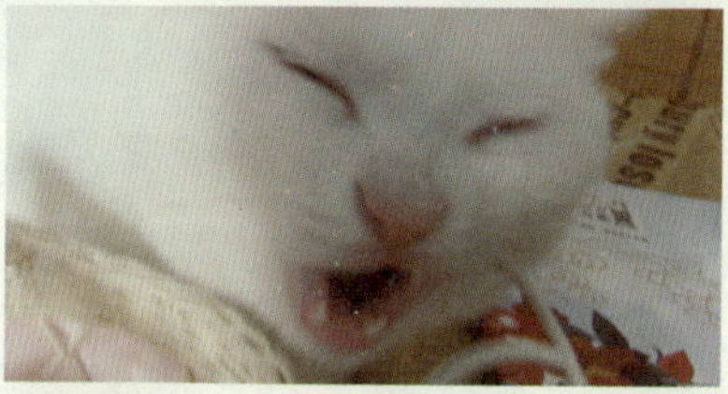
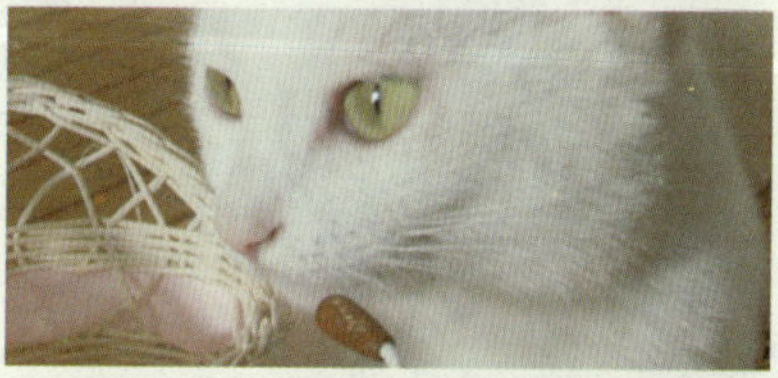

暖丫一直待在我身边，我回家，她就在我脚边绕；我写稿子，她就安安静静地卧在电脑桌边的南瓜小沙发上发呆；我洗澡，她就蹲在浴室门口一直等我出来；我睡觉，她就爬到我床头固执地睡在我的旁边。

周小哥也忙了起来，时常几天都见不到人影，我当真过起了跟暖丫相依为命的日子。写稿子累的时候，我会抬起头看一眼旁边的暖丫，她时常是眯着眼睛半入定状态，看我看过来，立刻睁开眼睛，我叫她的名字，她就站起来跳到我脚边来回蹭两下，我说，没事，我就叫叫你，她歪着脑袋看看我，大眼睛水汪汪的，一副受骗的小媳妇模样，那模样时常逗得我哈哈大笑，烦恼啊劳累啊也跟着一扫而光了。

周末的时候，我和周小哥一起吃饭，无意中看到蜷缩在沙发上睡觉的暖丫，那背影显得很寂寞，我心血来潮跟周小哥提了一句："我们两个都忙，没时间陪暖丫玩，你说，我们应不应该给暖丫找个伴？"

"我是没意见，暖丫自己没意见就行。"周小哥继续吃他的饭。

暖丫怎么会有意见？有猫陪她玩，她高兴还来不及呢。我这么想。

我认真地张罗起了这件事，也许是有缘，在我有这个想法的第二天就在楼道口遇见了一只半个月大的奶猫，正张着大嘴四处叫唤，估计也是被母猫遗弃的，我拿了根火腿肠剥开皮放在她面前，她饿急了，大口大口地啃了起来，边啃边呜咽着，那样子很可怜。

我顺理成章地将奶猫抱回了家，她也是只母猫，我给她起了个名字叫炭丫。因为她全身雪白，只有头顶上有一块黑色的毛，让人想起一个成语：雪中送炭。

我小心翼翼地将炭丫放到暖丫面前，并且介绍说："这个是妹妹，叫炭丫，你们要好好相处哦。"

暖丫看着炭丫发出"呜呜"的怪叫声，后退后退再后退，然后转身跑掉了。

“你怎么这么不友好？”我在暖丫身后责备她，拍拍抢了暖丫的碗正埋头猛吃的炭丫，安慰道：“小炭丫，暖丫姐姐会接纳你的，放心吧。”

不过，很快，我发现自己过于理想化了，猫没那么容易接纳别的同类进入自己的领地，暖丫也一样。

她对炭丫充满敌意，甚至经常用爪子挠炭丫，炭丫才一个月大哪里打得过已经四个月吃得身强力壮的暖丫，经常被挠得嗷嗷大叫，我闻声赶来，解救下炭丫的同时也会责备暖丫。

有一次，暖丫咬着炭丫的耳朵不放，我正忙着写稿子，被炭丫凄厉的叫声吓了一跳，冲过来看到那副以大欺小的情景气不打一处来，第一次伸手打了暖丫一下，并且吼她：“暖丫，你太让我失望了，走开。”

暖丫呜咽着跑开了，她钻进床底下，一天都没出来，我生着气，也没理她，而是忙着安慰炭丫，给她开了罐猫罐头。

慢慢地，我发现了事情不太对劲，暖丫开始躲着我，对炭丫也是敬而远之，时常自己蹲在阳台上看着外面发呆，背影很忧郁，我一靠近，她就马上跳开，连抱一下的机会都不留给我。

又过了一个礼拜，炭丫已经完全适应这个家了，还学会了用猫砂，时常缠在我脚边“喵喵”叫着撒娇，暖丫越来越沉默，然后在一个礼拜天的下午趁着我下楼拿快递，忘记关门的空当跑了出去。

暖丫离家出走了，等我意识到这一点时，已经是第二天早上了。

我找遍了家里的角落都看不到她的影子，又在楼下找了半天，还是一无所获，心顿时凉了半截，班也顾不得去上，就哭着给周小哥从此以后，我们就相依为命吧。

打电话。

“暖丫离家出走了，怎么办？哪里都找不到她。”

“你别急，先找找家里，看看她是不是躲在哪里了？”周小哥显然已经到公司了，正在开晨会，压低着嗓子跟我说话，“不一定就是离家出走了。”

“我都找过了，连箱子都翻出来看了，真的哪里都没有。”我继续哭，一边哭一边在楼道里翻翻找找。

“那你先在附近找找，我马上赶过去。”周小哥说着挂断电话。

等周小哥赶回来的时候我正不知所措地坐在楼下的石阶上，他拉着我又四处找了找，问：“你带她去过哪里没有？”

“她胆子小，不爱出门，我就不勉强她出门了，所以基本哪里都没去过。”我哑着嗓子答，跟着周小哥的脚步四处找，边找边抱怨，“她怎么会离家出走呢？我对她那么好……”

“不会是因为炭丫吧？”周小哥提醒我，“她不喜欢炭丫，你又老护着炭丫，她觉得自己在家里失去地位了。”

“怎么可能？我把炭丫带回来还不是怕她自己太孤单吗？而且炭丫小，我护着她也是应该的，总不能看着她欺负小的也不理不问的吧？她哪里失去地位了，我最喜欢的还是她。”我很委屈。

“可是暖丫不懂这些，她只知道，你突然又带了一只猫回去，那只猫抢她的吃的，抢她的床，她保护自己的地盘却被你骂，甚至被你打……”周小哥回头看我，“你是为她好，但也许你的方式太粗暴了。”

“是这样吗？”我不太相信。

“她现在就像你跟你妈闹别扭那会儿的情绪一样。”他又补充了一句。

我真的说不出话来了，可能我真没考虑到暖丫的感受，只是一门心思觉得为她好，从不觉得自己有错，被反抗之后还觉得无比委屈。

那么，当初我妈是不是也是这样感觉呢？

就这么盲目地找了一个上午，最后我们终于找到了暖丫，她缩在我带着她离家出走那天坐过的长凳下面，白白的一团像被遗弃在路边的糯米团，灰灰白白沾了一身尘土，我奔过去叫她的名字，她听到我的声音抬头就往我这边冲，一直跳进我的怀里，就再也不肯出来，还使劲往我衣服里钻。

她被吓坏了，她不知道去哪儿，她一直在这里等我来接她回家。

就像我当初一样，也一直在等着谁接我回家。

我抱着受惊的暖丫，眼泪刷刷就流了下来，她也在我怀里呜咽，如果猫有眼泪，我想她一定也在大哭。

“有其母必有其女，暖丫的脾气跟你真像。”周小哥在一旁糗我。

“哪里像了？”我红着眼睛瞪他。

他笑：“怄着一口气，闷闷不吭声，然后再用最激烈的方式反抗，忘记了世界上有个词叫沟通。”

“我跟暖丫怎么沟通？我又不会猫语。”我反驳。

“你跟你妈总可以沟通吧？据我所知，你精通汉语，还精通你家的方言，偶尔还来两句英语，人才啊你是。”周小哥憋着坏嘲笑我的样子很欠抽。

可我这次不想抽他，因为他说得对，这么多年来，我跟我妈，甚至我爸都缺乏沟通，或者说我一心想着反抗，根本没注意到，原来事情是可以用沟通的方式解决的。

5

将暖丫带回家后，我暂时先将炭丫与她分开，两个丫头各自有自己的领地，有自己的碗和水杯，有自己的窝，虽然她们喜欢争夺我的床，但是紧张的气氛慢慢缓和了。

我不许炭丫抢暖丫的东西，也不再责备暖丫，在两个小家伙第一次友好地互相给对方舔毛的时候奖励她们吃罐头，夸奖她们是世界上最乖巧的猫丫。

周末的时候我跟周小哥回我家，饭桌上我尽量温和地跟老爸老

妈说话，偶尔老妈因为一些小问题指责我，我也不回嘴，傻笑着带过，渐渐地，老妈指责我的次数开始变少了，我明白了，态度真的可以改变很多东西。

晚饭过后，老妈洗碗，我挤在旁边东摸摸西看看，最后忍不住问了压在心里许久的话："妈，你为什么没留外婆的照片……想她的时候拿出来看看不也挺好吗？"

老妈的动作顿了一下抬头看我，然后又低下头去继续洗碗："你什么都不懂。"

要是以前，听到这样的话，我肯定又会跳起来，肯定又是一场争吵，但是这次我没急，我想听听老妈接下来想说什么："我不懂，你告诉我呀，告诉我，我就懂了。"

老妈显然是没想到，我会这么说，眼神变了变，还是回答说："老一辈有传统，照片是人留在世界上的牵挂，离开的人把自己生前所有的照片都带走，就能无牵无挂地投胎转世了。"

比起自己的思念，老妈选择了让外婆无牵无挂地离开，我却一度以为她薄情……

我站在老妈背后，只觉得鼻头在发酸，只想骂自己浑蛋，那句

“对不起”哽在喉咙里，怎么也说不出口。

“唉，其实也不怪你什么都不懂，怪只怪我和你爸那么早就送你去上学……”妈妈洗着碗，叹了口气，“那时候也是没办法，你爸工作忙，你妹妹还小，你爷爷奶奶身体也都不好，我顾老的又顾小的，实在顾不上你，有一次你自己跑出去玩差点掉在水沟里淹死，我想着把你送去学校，至少你是安全的……谁家五岁的孩子不想着玩啊，我知道你有怨气，所以什么都想给你最好的……”

“妈，别说了……”我在她身后泣不成声，“对不起，我真的什么都不懂，就是个浑蛋、傻子……”

“哎哎哎……你这死丫头，好好的哭什么？”老妈转过身来对我嚷，但是嚷着嚷着眼圈也跟着红了。

我不想哭，可我忍不住，周小哥说得没错，我就是棵豆芽，还非要冒充大树，幸好暖丫这个小家伙将我折腾了一番，让我看清了自己的真实样貌，让我知道自己其实是多幸福。

那之后的很久很久，我都会看着暖丫和炭丫熟睡的样子，小声地笑，周小哥问我笑什么，我骄傲地回答说："我有两个闺女，而且我把她们养得又白又胖，这不值得骄傲吗？"

"白痴。"周小哥笑着骂我，然后就去忙自己的事，不理我的疯言疯语。

可我是真的很骄傲，我有两份全心全意的陪伴，我永远都不会孤单。

离别

【拼音】

lí bié

【释义】

比较长久地跟熟悉的人或地方分开。

而我，只有你 /社社

社社，男，媒体人，

专栏作家，毒口佛心，文风犀利。

代表作：《星座教会我爱你》《别废话你还可以更好》

“永不堕落，永不后退。永不忘记过去种种，永不用过去种种惩罚自己。永不不开心。永不忘放荡，鲜艳，快活。永不低头，永不妥协，永不忘说谢谢。永不熄灭小宇宙，依然，永不低头。永不。”——这是他们刚来跟我一起生活的时候，我的想法。

现在，我依然这么想。

我养了四只猫，张蜜蜜、张小树、张小草、张皮皮，是的我姓张。我有个大众得不得了的名字，但我是谁我清楚，这不是件容易的事。

刚刚养猫的时候，是我人生的低谷期。那时候我二十三岁，刚刚失恋，事业受挫，在长沙罕见蓝得发指的天空下想念爱情的人山人海，而我在无望等待。就在月湖边的垂柳下，朋友打电话给我，你不如试着养一只猫，猫咪很乖不麻烦，能让你不寂寞。

没想到的是，自从我养猫之后，竟然看到想也想不到的美好。

其实，我不好意思说，我养猫。因为理论上我将在日后供给他们食物，但他们也不见得会因此感激我。我请回了一只黑色的波斯与土猫的混血女，一个白底花斑小男孩。他们以后是我的家人，我的子女，我的朋友，为了他们，我会更努力地工作。其实我这儿原本就是他们的家，只是现在，他们终于回来了。

小树、小草、蜜蜜、皮皮，我是他们的一切。因为我赚钱给他们买猫粮，他们病了，带他们看病、治病，第一次发情期过后，带他们做绝育手术，平时看着他们争抢着吃光几个猫盆里的猫粮，然后一起伸舌头撅屁股舔光盘子里的水，前爪支地头与脖子呈一个斜线，腰部与后腿并行呈直线地组成一个直角三角形，这是伸懒腰呢。然后去猫砂盆里，先闻闻，然后蹲下，面朝外，眼睛微微眯起，与我对视或者纯粹放空，拉屎的小树和小草是坦然的，而皮皮和蜜蜜大约因为是

女孩的关系，非常羞赧，统统把头埋在猫厕所里，拉完后迅速而准确地埋好自己的屉屉，弹弹后脚的猫砂，优雅地扬长而去。

与猫一起生活的日子，并不那么一帆风顺。几只猫的猫砂并不好清理，因为是流浪猫出身，总有一只猫不习惯在猫砂中方便，清洁，成了我当时的梦魇。不仅如此，与猫交流的时候，我开始学会用猫的方式交流，声音放轻，动作减缓，不急躁，按时喂猫和清理猫砂，为他们剃毛，带他们打防疫针。

养猫之后，我开始养成好的生活习惯。随时顺手收拾房间，每天早晨在起床洗衣服床单窗帘的时候顺手清理猫砂拖地，猫咪打翻的瓶瓶罐罐也随手收拾好。

从破坏王到家政控，中间只隔着养猫的几年，我花了很大努力变成了现在的我。

只是觉得庆幸，劫后余生似的。差一点就如何如何了，肯定有这样的情况，从来都不是最幸运的人，只不过一直死皮赖脸地跟生活牛皮糖。每个年纪都是美的，我现在觉得，成熟一点，渐渐剥开生活的外衣，隐约看到内核。让风景跟一早看过的知识对照，哦哦哦，原来果真有这样的人、事、物，嗯，早有准备。痛苦吗，不是不痛苦的。生活的每一刻都保持清净灵性，但那些红尘嘈杂，也不止浮云。

春　小树

2009年，我因在金鹰网上写娱乐评论产生的少许影响，开始接到一些杂志的约稿，并且成为当年《快乐女声》官方评论的撰写者，我的上司和老板颇为赏识我，当时的老板说，希望我再接再厉，成为金鹰网的一支笔。虽然已是三年前的事，依然铭记在心，感谢他，对于向来缺乏信心的我来说，老板就写作本身的赞许比加薪升职有意义得多。当年的《快乐女声》结束的瞬间，我尖叫着写完那年最后一篇“快女”评论，在办公室里乱喊乱叫，也是这位老板，诧异地问我，至于吗至于吗？

至于。

两周以后，我把小树和蜜蜜接回了家里，我的女领导说：“小

胖你一次养两只猫，总会影响工作的。”轻蔑的口气。

作为一个二百五，我本能地回过去：“我跟我家猫都会越来越好的。”

一个半月以后，我正式辞职，对外宣称回家写书。其实不过是在家待着，看看书，写点散稿，我想写的那本书，始终写不出来。最大的困扰是家里永远有一股挥之不去的猫屎臭，以及经常在角落里发现猫屎的痕迹，窗台、墙角、被单、外套，每一个地方都是小树和蜜蜜的洗手间。

我无能为力。

接散稿子的工作其实也并不轻松，不知道为什么，当时跟我约稿的编辑要的都是无比着急的闪电活，白天打了电话，晚上必须见到稿子，或者是半夜十一点接到电话，第二天一早要看到稿子，而这个时候，我通常在抱着肥猫满屋乱转，写稿真是一件打扰我跟猫相处的事情，我真心觉得。过了不久，经由网络名人和菜头的口碑传播，我迷上了单机神奇游戏《植物大战僵尸》。

对这个阶段的我和猫来说，《植物大战僵尸》都意义非凡。因为它的出现，我暂时忘掉了掏猫砂的痛苦。不知道是当时吃的猫粮不对，还是我还没适应掏猫砂的苦，每次掏猫砂，我都要戴口罩帽子然后用围巾狠狠把自己的口鼻包裹得严严实实，实在是太臭了。每一次掏猫砂，对我来说都是意志力博弈的胜利，掏完以后都要干呕好一会儿，太恶心了太臭了。我真心觉得那些掏粪工人不容易，而且，猫屎比人屎臭十倍。我根本不理解，为什么猫小小的身体，要拉那么多屎，而且那些屎也未免太臭了吧，虽然小树和蜜蜜拉完屎以后都会把屎用猫砂团起来滚个完整漂亮的粪球，但万一我有几天忘了掏，猫砂盆（当时还不是盆而是个纸箱子）就会变得超级变态的臭，而且很恶心，屎叠着屎，天气稍热，就有一堆蝇虫在猫屎里飞舞组队，太可怕了。我尖叫着崩溃着强忍着恶臭把猫砂箱子抱着扔下楼，中途偶尔会不小心撒掉一些脏猫砂，还要回家拿扫把把这个扫掉，如果楼道有人上下看到，我简直丢脸得要崩溃了，因为猫砂里有屎。

因为写不出任何狗屁，加上有个机会去附近的山里待一段时

间，而且家里已经脏臭到我无法克服的地步——我以为我是个心理承受能力极强的人，因为每一个来我家的人都会被我家惊人的猫屎脏乱臭弄到崩溃，一秒钟也不想多待，迅速跑出去。有一个女人，原本是我的好朋友，后来因为我家太臭不愿意做客，时间久了，大家也都断了联系。有此一例，可想当时我是如何生存的。

刚去山里的时候，我身心俱疲。本来就是临时决定的事，我匆匆地交了所有稿子，又带上了两只宝贝猫咪（本想带着寄养但是未遂），带了点书和衣服，还有些洗漱用品就出发了。临走的时候我考虑了一下，还是带上了MP3，本来想真正耳根清净一下，不过没有歌怕到时候会崩溃。坐了一天多汽车，因为是山路，所以更加颠簸。猫粮很重，还有猫砂啥的，后来我发现猫很会在黄沙里大小便，根本不用我千辛万苦带的两袋猫砂。

在这里待了很多天，每天都在山林呼啸河溪奔流中慌忙度日，猫们则是很自在，很快适应了环境，到了饭点一敲饭盆就飞速冲回来，小树很乖，不到处乱跑，蜜蜜则是社交恐惧症，除了偶尔对停驻在草地的小鸟表示出极大的捕猎性质，他们跟在城市里生活毫无二致。

在山里跟杜伯一家相处良好。杜伯的家是个大家族，儿女都在大城市，环境在山里算是巨富，家里装潢非常好，吃用都跟城里一般。他教我写隶书，我们经常下棋喝茶。他近年多喝普洱，我也蹭着喝了不少，相见甚欢。他也爱猫，尤其是，小树和蜜蜜又干净又乖巧，毫无野猫之萧瑟感，他说，古人管宠物猫叫做狸奴，听起来好风雅。

走之前我买了匹杜家小妹陀自己做的蜡染，回来桌布窗帘和新唐装都有了，我心满意足。值得一提的是，多了一块布，是杜家小妹特意强调的，给小树和蜜蜜做身衣服，后来回到长沙，我忘了这件事，现在想来，真是遗憾啊。民俗风的小树和蜜蜜潇洒出街的样子，真令人神往啊。

回长沙以后，为了庆祝张小树、蜜蜜和他们肥胖的爹爹我自己安然回家以及孩子们都胖了壮了，我买了一套天青，意外之喜是同款带茶船。还买了一个拳头大的茶宠，绿变金黄的三足金蟾，热水淋漓时，一派金黄烟霞缭绕，好看极了。

小树这个傻孩子，每次茶宠变色的时候，他都凑在金蟾的身上偷偷摸摸地嗅着，然后舔一口，我伸手弹他的脑门，他才一个箭步跑走。没几天，深夜两点，我听见客厅一声巨响，是瓷器落地的声音，张蜜蜜张小树彼此追打跑出的风声咻咻作响，我大概知道发生了什么，没胆量当下去看，忍了一夜才来看个究竟，新的全套天青，剩一

这几年，我开始长大，心里骤然柔软。

个小杯子了。气得我对着他们臭骂一顿，“我靠！！我他妈真的要扇你们！”

骂也没用，小树还过来舔我的脚趾，我翻了个白眼，上网跟亲友们投诉他们。有个猫奴大姐安慰我说，嗨，天青算啥啊，蒋蓉的南瓜壶，我家猫蹭蹭给我打了，一脸不服小样还瞪我，意思是，这个家是我的，东西都是我的你怎么的吧！

我服了。

在家继续写隶书，毕竟没基础，写得不好看，但我想着，只要坚持写，总有能见人的一天吧。写字的时候，猫会过来踩在砚台里，一路跑过去，就留一路黑色梅花印，风雅极了。笔洗里的水是他们一定要喝的，我喝止多次都没用，明明猫食盆里的水从来都不缺，他们还是看见哪里滴水就过去喝几口。

有朋友来做客的时候，家里的猫和茶是我最好的待客方式。小树是非常贪吃的猫，所以飞快地跑向十斤肥胖猫的阵营，他从小正太进化到电车吃货的路上，只经过了短短几个月。2009年的冬天，他还是一个瘦弱灵活的瓜子脸小男孩，眼神机敏，很温和，黏我，也黏任何来访的客人。除了猫，我还有很多茶，各色普洱、大红袍、水仙、肉桂、顶级茉莉花、龙井、正山小种，都是我爱的。这几样我爱的茶搭配着喝，饮下去五脏内气韵缭绕。这样的好滋味，最是重新做人的时候，我热爱有茶有酒有猫有友的日子，我热爱知道自己是谁要干吗怎么干的好日子。

这几年，我开始长大，心里骤然柔软。

小树现在十四斤，像我一样肥胖，肉乎乎，对周遭世界全权信赖。所谓周遭的世界，无非是我而已。我不敢得病，也不敢过得不好。我怕我病了，我落魄，我沮丧，我一蹶不振的时候，张小树会挨饿，喝不到水，饿死，渴死。

夏　蜜蜜

上一次哭，大概是蜜蜜从楼上掉下来的时候吧。那一夜，我凌晨四点加班回家，纱窗是半开的，室友一早已经在自己的房间睡了，客厅里只见小树，没有蜜蜜。我四下找了起来，并没有看到蜜蜜的影子，而半开的纱窗外面，楼下遮阳棚的浮灰上，是一些凌乱的爪印，有一双爪印是明显滑下去的。我想了想，应该是蜜蜜扒纱窗的时候不小心掉到遮阳棚上，然后挣扎了一下掉到楼下的。这么一想，就觉得又恐怖又崩溃，赶紧下楼去找猫。小区里找遍了，没有看见蜜蜜，我四处喊，拿着猫粮到处撒一点，心里怀着一丝希望我家是五楼她明显是在四楼以后掉下去的应该没事。

三小时以后，我回家了。我们小区，隔壁小区，统统找遍，身心俱疲，万念俱灰。

我已经开始琢磨着，要在微博上发寻猫启事，在小区要张贴一

//////// 一直觉得，猫离不开我。现在想想，根本大错特错，因为离不开对方的那个，其实是我。

下告示，蜜蜜的照片要大，手机要二十四小时不关机，等等。室友这时已经起床，洗漱完毕了准备上班，看我一脸面瘫绝望，他安慰我说没事没事，猫都命大的，而且蜜蜜这么聪明，没准会回来呢。我说对对对肯定会的我相信，说着说着，忍着忍着，还是哭了。真是丢脸。

这时候我打电话给上司，我家猫掉到楼下了，今天想请假找猫，他很不高兴，电话里说了句什么，就挂掉了。事实上，这成为了我们日后心里的疙瘩，而当时，我并不知道。

室友出门上班，十五秒后激动地开门大叫我的名字，说蜜蜜在楼道呢在楼道呢！

是的，我的大女儿，女黑侠张蜜蜜正盘卧在三楼的拐角处，身后是一坨屎，面前是街坊给的几块饼干，她自己浑身泥巴，看我出现摇摇晃晃地站起来，走路的时候屁股一滴一滴地流血，之前的威风一夜之间消失无形。那一刻我的心，个中滋味实在难以描述。一方面激动于蜜蜜回来了，但看到蜜蜜的惨样，又怕她会死。

蜜蜜一瘸一拐地走回了家，找了个角落默默趴下——她太累了，又累又怕。我不敢抱她，怕她身上还有别的伤，我一抱她一挣扎，只会更加严重。我打了电话给帮她做绝育的医生，大夫说赶紧装到箱子里送来，我看蜜蜜当时的惨样，很怕她再颠簸加重伤势，于是央求他能否上门出诊，我多付一些出诊费。那位医生人很好，一直在做流浪猫狗的绝育，也救助了很多小动物。他一进门，先去检查了一下蜜蜜的肚子和四肢，蜜蜜的右后腿受了伤，不过没有骨折，小腹受了些内伤，幸好并不严重，打了一针，并且做了清理和包扎。整个过程中，蜜蜜都异常地配合，绝不是平日里一看见人来就四处逃窜的模样，她心里明白，我们对她的好。

医生向我保证，蜜蜜不会死了。她睡觉之前我赶紧喂了点猫罐头，小树也一反常态没有跟她争抢，反而靠在她身边，默默地，默默地，一口一口帮她舔掉身上泥泞的渣痕。

过了几天，蜜蜜痊愈了。后腿偶尔会露出不方便的痕迹，爆发力受到了挫伤，其他的，一如既往。而那些天，我的心情是什么呢？虽说人与伴侣动物在一起，于外人看来都有种不能理解的亲密，即使再大力解释“我们是不同的”，依然有种无力感。可是真的，从没有认真爱过谁的我，开始有了责任感。我没想到，有一天我可以养成照顾其他事物的习惯，或者，这其实是身上潜藏的超能力，只有遇到事情的时候，才会被激发出来。尽管这让我之前的人生难免蒙上一种无用食草男的色调，但我庆幸蜜蜜没有死，没有丢，她在家里，在沙发上在窗台上，也在我的桌脚旁。

作为一只黑猫，我跟蜜蜜之间的互动并不一帆风顺。刚到我家的时候，我有点怕她。对于一个养猫生手来说，黑猫真的有很多传说中附加的神秘色彩，我根本不敢惹她，而且好久了我都看不清她的长相，全黑的猫咪几乎看不见表情，她绿色和黄色渐变的眼睛在夜晚室内灯光照射中折射出的色彩，经常让我心里哆嗦。

养猫的第一个冬天，是我难过的日子。那时候我还不知道真正的猫厕所跟纸箱子有多大不同——原理是一样一样的呀，只不过纸箱子没有盖而已。可是差别太大了，因为猫厕所会控制猫砂的臭味，而纸箱子则让臭味如入无人之境地进出自如。因为湖南冬天太冷，我的客厅没有空调，所以晚上他们都会跟我一起睡，问题是，在我睡着的时候，就是他们想上厕所的时候。第N次在被子上发现猫尿的大片痕迹和猫屎印的时候，我真的要崩溃了。我想了个办法，把装猫砂的纸箱子拿进来，那些天因为太冷，每天叫外卖上楼解决吃饭问题。我自己身处泥沼，早已对星空仰望不能，我不知道没有猫屎臭的屋子是什么样的，所以，也根本不觉得当下有任何不妥。直到感冒后，一个朋友来送药给我，一进门他惊呆了。太脏了，太乱了，太太太臭了。他大骂我一顿，瞬间开始着手帮我清理，先是把猫砂箱丢下楼，然后用84消毒液把遍布整套房子的猫屎弄掉弄干净，丢掉了很多被猫们拉过的东西，然后点香——从此我迷上了香道，不仅仅是它本身的美，对一个养猫的家庭来说，味觉是让我平复心情重新做人的重要渠道。

养猫好几年了，我比起以前的刚烈决绝，执念上来后的不管不顾，现在确实平缓了很多。只是因为开始明白，说真的，终身皆苦皆悲凉。谁比谁不容易呢？算了，互相体谅点吧，本来日子已经足够无聊干枯难熬，何必彼此添堵呢？

事实上，蜜蜜消失过好几次。都是躲在被子里、柜子里、箱子里，然后我在家找五小时都看她不见，后来慢慢出来。在找猫的时候，是我最焦虑的时候。虽然她是一只特别斯文、淑女的猫，毫无不良生活习惯，从不乱拉乱尿——真的，并不是所有的猫都能做到这一点，我深深地向您保证，但您可千万别以为，蜜蜜是逆来顺受的窝囊废。她之所以被我称做女黑侠，绝对是事出有因的。家里后来一共猫口有四，小草长大后顽劣不堪，皮皮更是个混世魔王，可是我的蜜蜜，她的飞天神猫爪可不是浪得虚名，而且她动口开咬的时候，是真咬。

我被蜜蜜咬过手指，不是亲密地咬表示嬉闹，而是真心地一口下去，我几乎觉得她要咬断我手指了，伤口深可见骨，我的右手食指受伤了。当时当刻，血涌上来，瞬间流了一大摊，我赶紧用手压住然后冲洗，家里没有酒精和碘酒，我用碱性肥皂用力洗手。时间是凌晨两点，而缘由，不过是我在给蜜蜜剪指甲。

那一刻，不是不委屈的。第二天一早，我拖着重感冒的身子去打狂犬疫苗和破伤风针，还跟给我办理手续的护士吵了一架。她说，打狂犬疫苗是吧，哦，打五针，去交钱吧。我说，好的好的。刚要转身离开，她把我喊住，等等，我要给你重新开个单子，你要打七针。我说，啊为什么呀。她犹疑了一下，呃，提醒偏胖的人要多打两针。

一晚上的委屈不满堆积起来我瞬间暴发，为什么打狂犬疫苗要歧视胖子啊！我被猫咬了打针还要被歧视。凭什么呀！！

现在想想，那个护士绝对是好心，人家不过是为我负责罢了，但是当时当下，我身上难受，心里羞辱。这是个很糟糕的冬天。

秋　胖草驾到

我不是没想过要把小草送人的。

他从不亲近我，一走进五米之内就能看到他的脸上流露出极其强烈的排他表情，是恐惧也是厌倦。我并不知道这种心情来自哪里。

有一次，在一个日本的电视节目里，一个西洋猫语专家因与猫对视时平缓眨眼而赢得了这只暴躁猫的好感，以至于猫在她面前撒娇打滚，我看到的时候心如刀割。我一点也不明白，为什么我给了小草更多的呵护、爱、甚至食物，他始终不让我靠近半步。

我想，也许是他被送来的时候，我没有给那个姑娘一份伴手礼。有老旧的风俗说，猫狗进家的时候，要给原来的主人一份礼物，以示聘礼。小草来家的时候，我忘了送那个姑娘一点东西，所谓交接一时不完备，则直接导致日后的沟通不畅。

我觉得，小草没准不是我家的猫，他跟我的缘分不够。

小草最早来我家的时候，我刚刚结束一段痛苦的工作关系，人生无趣到极致，只觉得生命诚可贵，爱情价更高，若为自由故，anything I can do。离职前，于草丛中找到小狸猫的姑娘问我，有一只小老虎一样的猫猫，可乖了可黏人了，送来你家吧？因为是从草里捡到的，所以叫小草。她口中的小草是一只黏人至极的黄虎斑，但究竟是狸猫还是太子？我想见面才能见分晓。

来之前，我一方面开展刚成立的品牌工作室的业务，一方面努力对抗前一份工作带来的忧郁症，尽管已经离职两个月了，可是之前的难过、苦痛、绝望、委屈、不服、崩溃种种种种，始终无法消散。你可以说我执念重心眼小，但用恋爱的心情做一件事的时候，失恋总会打垮你。我是天蝎座，本来可以无所不能，因为种种爱情和伤别离，便变成了有所不能。小草就是在这个尴尬时刻来我家的。

刚来的时候，小草非常怕生，而且警惕性高，人和猫都不能靠近他。他对我嘶吼，追打蜜蜜和小树，虽然当时是小猫，却经常露出

街头恶霸的神情，一直很多天了，始终有流浪猫的桀骜不羁。因为小树跟我的关系紧密，蜜蜜则时常隐形让我满屋狂找，我对小草的关注度并不高。到了饭点，我加一些猫粮和水，猫砂脏了，我就去换掉。这个时候，我已经开始学会如何打理猫留下的痕迹，每天勤换猫砂，并且时常请家政大姐来打扫房间，那位大姐住我楼下，每次来我家都说，猫记猫记，这是长沙的叫法，好贴心。她有个小女儿，很喜欢小猫。每次来，都会跟小树和小草玩一会儿。小树的脾气很好任摸，但小草对小姑娘也言听计从，说要抱起来就抱起来，偶有反抗也是甜蜜地撒娇，并不强迫。他的毛发非常美，金色的狸猫，身上有勋章一样一道一道的条纹，在他日益肥胖的肚子上显得意趣非凡，我好想乱揉他的肚子，但几乎没有机会。因为我一过来，他就会拔腿跑开。后来有朋友说，是因为我太胖，让小草有严重的恐惧感，我就更来气。

小草的身体不好，刚来我家不久，开始尿血，我惊慌失措，赶紧送去检查，说无大碍，拍了片子做了化验以后打几针就好了。顺便给他做了绝育手术。太监张小草在解决掉感情隐忧后，飞快地长胖了。而且，更让我不解的是，不知道为什么，之后他还是持续勃发雄性荷尔蒙，多次性侵犯家里的蜜蜜和皮皮。当时，皮皮还是一只幼女猫，我时常看见他趴在皮皮身上，而小树居然过来围观，并且不时舔舐皮皮。我崩溃了。

冬　皮姐

皮姐如今已经一派少女风姿，还是会跟兄长大姐打闹，但她来我家的时候，原本是个混世魔王，脸皮比城墙拐角还厚，以至于她原本的宿主不胜其烦，辛苦工作一天回家连觉都睡不踏实，时间久了，人人都觉得她鬼上身，原不过是家里有个闹海的女哪吒。就各种崩溃吧。

感恩节那天，她被抱来我家。这时候，我家里的猫口为三，蜜蜜、小树、小草，每一个都是人间一霸，而皮皮不过是个刚刚足月不久的幼女，连饭都只能吃幼猫粮，一时间我眼瞅着望眼欲穿，既期待又怕受伤，希望家里有个小猫猫可以从小被我抱大，又怕像小草一样，来了我家以后要经历冗长到堪比冰河时期的水土不服。

那个送猫来的姑娘敲门的时候，我的心情远比去参加任何规模的面试演讲谈判更紧张。她是坐着航空箱来我家的，箱口打开的瞬间，皮皮一个箭步冲出来开始左顾右盼，我蹲下来叫她："皮皮，过来过来，让叔叔看看能不能做你爸爸。"——说实话，事后我回忆起这一切只觉得我像个骗小朋友上钩的猥琐人贩子，但纯真幼女皮皮看到我，盯住我，然后蹭蹭蹭蹭爬到我脚面，我知道了，这就是我家的孩子。

皮皮来了。

但皮皮过不了多久，就变成了皮姐。

皮姐御驾亲征我家的头些日子，我清洗床单皮套的频率提高了十倍，感谢皮姐强迫我养成了清洁癖的好习惯，因为她动辄拉屎在猫砂盆以外的常见角落，比如我的床单上、桌布上、以及散落在地下的衣服上——甭管这衣服裤子有多贵那桀骜不驯的皮姐她可是照拉不误啊！！

我崩溃地尖叫起来：皮姐我求求你啦，别再给我马杀鸡了行不行！您的指甲那是切金断玉的神奇利刃啊，老爸爸我肥胖的肉身压根儿抵不过如此这般的抠挖挠抓撕啊！！

皮姐跟我对视几秒，继续踩奶。可问题是这不是奶这是我肥胖的肚皮啊！我并不想这样啊女儿！我挣扎着大叫着，但又不敢做太大动作，说实话，如此自由自在攻城略地的幼齿霸王花猫，是多难得呀?

到了绝育的月份，很多人劝我给皮姐做腹腔手术，但皮姐是个母猫，她做手术，势必要挨一刀。我不想给皮姐来一刀，不想让这个动辄靠着我的肉脚打盹的傻姑娘以后变成个人生只有吃了睡睡了吃的深宫老嬷，我觉得皮姐是最懂我的女儿，她聪明，敏感，有占有欲，对喜好和自我存在感敏感得惊人，她知道我对她好，正如她知道，她也能给我南方潮湿冬天里的一抹体温。尽管，这也可能是她又一次尿在我花血本买的埃及棉八百针床单上。

还是少女的时候，皮姐因为身形契合，对我笔记本电脑的键盘产生了深深依赖，一旦我点开机键，打开文档，写下第一个字，她就悠然而至，侧身躺倒，把身子盘成一坨球，而她身下的键盘，则被打出了#%ＨＨＬＯ＆￥（（）））之类的外星语。

皮姐大一点的时候，变成了一个行动活泼的野丫头，每天跟还处在愣逼阶段的张小树和张小草对打，时而合纵，时而连横，我根本不知道这二男一女纷繁复杂的爱情游戏的脚本是怎么编的，只看到有时候张皮皮持续高涨着激情地疯狂吮吸着张小树下腹的奶头，时而帮张小草舔毛还是牛不喝水强按头式的，一巴掌把张小草打蒙，然后平静地舔舐他金色麦浪般的毛发。

跟人相处得越久，就越觉得猫的可爱。

深冬的时候，手边煮茶的风炉上，日式铸铁壶里水声如鱼吐珠，十二月的长沙，因为湘江入城的缘故，水汽让天气阴冷阴冷的。客厅里开了电烤灯，有时候也会开油酊，它们是冬季御寒的好朋友。我坐在书架前的箱子上，捧着电脑写稿听有声书的时候，皮姐跳到我腿上。只有在这一刻，我才觉得肥胖的肉身是有好处的，它让我的猫盘踞在此，不动如山，安然入眠。皮姐时常睡在我的大腿上，我的大腿，是她的梦工厂。真是抱歉啊皮姐，我经常打断你的美梦无痕，因为我腿麻了，我想撒尿，我想找本书看，哪怕仅仅是我想在房间走动一下，我都必须暂时中止皮姐与周公的对谈，轻手轻脚地把她抱着，我站起来，再把她垂直放在原来睡觉的地方，直到我回来。

皮姐来的这一年，我的人生主题是写书和减肥，钱省着点花就行了。我存了点钱，有一点稿费，还会有一点稿费，工作室大概也有一些收入，普洱茶的淘宝生意刚开始，这时候，我家是一人四猫，我心里很踏实。其实写书的话，生活没那么贫瘠，不懒的话，想生活得体面点不是难事。现在在家，每天就是写稿，偶尔吃点东西，大多数时候写稿和跟人聊天，睡得特别晚，醒得更晚。最近可能因为减肥药的关系，精神特别好，我喜欢这种感觉。而在我跟肥胖作斗争的时候，皮姐是我的小精灵，她太热情了，动辄按倒小树狠狠吸奶，是的，小树是一只男猫，可是下腹的乳头两侧已经被吸秃了两块毛，而且当皮姐吸奶的时候，小树根本不会有任何反抗，连意图都没有。

因为吃了减肥药失眠，某一天我听了一晚黄耀明，忽然发现已经凌晨五点。在家的时候除了养猫写稿吃饭拉屎就是看徐皓峰的《大

口坛城》。《大日坛城》堪称经文，值得某些时日日日诵读，战意连绵不绝于周身上下皆亢彻夜不眠。里面有句话，顿木对广泽变得如相扑手一般的壮硕身躯感到吃惊，广泽以肥胖者特有的可爱笑容回应。这句话我看的时候会心一笑，觉得作者充满了善意，写的时候还在偷笑。皮姐与小树小草蜜蜜首尾相连，团团睡在我的被子上，我一点都不介意跟猫咪同睡，有些人会骄傲自豪地告诉我，我家猫从来不上床，我不能理解他们的心情。

又一春

我跟人相处得越久，就越觉得猫的可爱。人生依旧无趣，即使视若亲人的朋友，也抵不过彼此失望。许多看似能说会道的人，在他们跟亲近的人有所争执的时候，也只能默默吃亏。如果你是一只刺猬，一定要保护自己的刺，它看似武器，实则盔甲。

写这篇文章的时候，我在跟好朋友闲着聊天，电脑里是萧敬腾的《话不多》，一边写着猫，一边想着他们终于会死去，在我之前，就觉得好难过。在家号啕大哭来着。其实每个人都是强忍着绝望活在这世界上，有人自知，有人不自知。但每个人都是一样在努力让自己的生命丰盈起来不那么无趣和荒芜。感谢我的猫们，因为你们，让我在生命中体会到全无保留的被爱。这份爱，不是无缘无故的，它是大浪淘沙，经过各种纠结，无解，彼此不对付，最终留下来的。因此更珍贵。猫真是这样，他们骄傲，敏感，充满莫名其妙的优越感，绝不像狗狗一样对你热情投入，但仔细想想，这样的爱也不错，在家里来客后试图亲之抱之的时候，有时候难免会露出“我不我不我就是不从”的表情，但对于他们认定的人——我来说，我可以任意按倒乱揉他们的小肚子，睡觉的时候脚边有一团毛茸茸的体温，早晨起来有人把你亲醒了，回家一开门就看见他们走过来蹭你的小腿舔你的脚趾——这是皮姐，我的小女儿最爱的事情。我常常一方面受宠若惊，一方面又要假装尴尬地大叫，皮姐，您的口味儿也未免太重了吧！！！爸爸是中国人，是传统的读书人好吗！！！别这样！！！

可谁能拒绝皮姐舌头上那一小片温柔的慈悲呢？我试过，真的不能。

想来，张蜜蜜和张小树，我们认识两年了。对你们给我的爱和温暖，我无以为报，只能继续把日子平静地过下去。我写一个跟你们有关的故事，爱是世间至难说出口的事，但因为你们，使我不至于回家独自孤独。我们相逢在路口，正在往下一个路口走去，我与你们，纵有遗憾，也还有足够的时间持续下去。而我当时并不知道，不用多久，我们分别的时间就要到了。

人生最大的苦痛、难过、悲凉、绝望，都无法付诸言语。那些让人心头乍凉如骨的事，总是不能出口。倘若说出口，便已是别的模样。一个年纪有一个年纪的不堪重负，我们想要的，都是生活在他时他地的别处吧？与猫同居的日子，支气管炎因猫有复发的痕迹，猫屎猫砂的烦恼也不必言，实在烦恼多多，只是提不起兴头收拾。 看了无数美式喜剧和电影，只觉人生幻灭处处不在。不工作的时候，连恋爱都无趣如斯，以至于断了所有念想。人鱼的腿，面具的嘴。新小说、新发现——已经不能说谎。但凡事说谎的事，必定会真正发生。

还是猫生比较单纯，没有这么多爱恨情仇。

我磨蹭着写着，并不想迅速写到结尾。结尾的意思，就是结果和尾声吗？听起来很不吉利，实际上，我担心的事情，都发生了。

我的小树死了，小草因为胰腺炎引发的破损性坏血症变成了一个瞎子植物猫，每日靠鼻管灌食维生，并且排泄不出来，一周前医生建议我让他安乐死，别受苦了。皮皮因为同样的原因视力受损，蜜蜜虽然表现良好，却也不知道是否有隐患。今天，是这篇稿子完结的时刻，我要带蜜蜜去检查，并且为小草的事情作一个决定。

我怕决定。

两周前，我发现小草走路的时候会碰撞到桌椅，平日里并不会，我担心他感冒了。第二天一早，我收拾东西准备带小草出门去医院，小树在我的梅花缸后面不住地抓挠，我一看，原来是跳不上来了，大笑起来，傻孩子今天怎么这么笨。于是把它抱回沙发。坐下的瞬间，小树肚皮着地。我非常惊讶，这说明他的手脚已经没有力气了，连忙把他扶起来。蹲坐着的小树在三秒内两眼看天，已经不能聚

焦了。我吓傻了，赶紧打电话给医生，医生让我把他嘴巴打开舌头伸出来防止窒息。我们都估计是食物中毒。

在把小树和小草装到袋子里送到医院的时候，临出门我发现皮皮也不见了，当天早晨，我的室友开门交接收房手续，并没有关门，我下楼找了一下，没有看到皮皮。可是小树和小草也紧急，连忙送到了医院。一路上小树都在哀号，我用力摇晃他，生怕他睡醒就起不来了，小草很安静。终于到了医院，医生给猫们量了体温，小草状态不好，小树在输了液以后精神不错，还起床尿了一泡。我心神安定了下来，医生说应该无大碍。当天，正是交这篇稿子的日子，我觉得这是巧合也是命定。回家急着找皮皮，找了一天，到了下午，室友告诉我，皮皮没丢，找到了，她藏在我装袜子的抽屉里，我放心了。

下午五点半，我接到医生电话，说小树忽然不行了，让我过来见一面。我抱着皮皮急忙下楼，还没打到车，医生电话我，小树没抢救过来，已经过去了。我说好，一路上塞车堵车，而且还临时换了的士。从来没有一次打车这么焦虑，我坐在黑的士上心急如焚，打给朋友说小树过去了，朋友说你先去看看，别太难过。

到了医院，小树在手术室外面的一个箱子里，我把皮皮交到医生手里，请他先给皮皮检查，自己去看小树。小树侧卧着，跟平时睡着了一样，我摸了摸他的肉肚子，还是软的热的。我把他抱了起来，孩子的表情是打了麻药的猫的表情，做鬼脸状，还伸舌头。我抱着他，他全身绵软无力，一下子就滑开了。我把他抱到皮皮旁边，皮皮从来都是一见到小树的肚皮就会疯一样地冲过来吃他的奶，但那天没有。皮皮一直在冲小树嘶吼，她知道，小树跟以前不一样了。

我摸着小树，对他说，爸爸感谢你陪爸爸这两年，这两年我们都挺开心的，你走好。爸爸给你念《大悲咒》和《心经》。我摘下手上的白菩提根佛珠，放在小树肚子上，先是《心经》，然后是《大悲咒》。希望小树往生极乐，我不舍得他，我失去了他。

回家的路上，元神出窍，已经傻了。跟朋友打电话说起这个，忽然间大哭起来。马路上一个两百斤的肥胖男人号啕大哭，真是丑啊。可我控制不住。我的老四皮皮的检查结果是好的，但当时我并不知道，其实她已经快失明了。

写下这些的时候，我坐在刚刚买的日式小被炉里，膝盖上是厚厚的被子，脚边是暖和的电烤灯，湖南的冬天太冷了，但我家很温暖。蜜蜜在被炉桌上以传统母鸡孵蛋式眯觉，我希望这个时候，小树、小草、皮皮，都在这里。

在猫咪们逐渐消失的日子里，我的心里空白了一块，变成水，变成泥，变成陶泥，变成瓷器。那样的心情，就像手捧瓷器走过泥泞小径，让爱小心翼翼地，小心翼翼地慢慢通过。我以为我有工作，我有娱乐，我有朋友，我有爱情，我有家庭，我有一切，猫咪们只有我。在逐渐失去他们的日子，我知道，其实我拥有的，也不过是他们。而这一切，再也回不来了。

事故的原因是黑森林蛋糕。我约了朋友下午茶，买了甜点，打算喝茶时候配的。我从来不吃这个，所以剩下的全丢到垃圾桶里，这一夜我没有倒垃圾，而第二天一早，我看见垃圾桶是倾倒的，里面有猫翻过的痕迹。我来解释一下，为什么黑森林蛋糕的杀伤力如此之强，因为它是巧克力，猫和狗都无法代谢巧克力，会中毒。更为严重的是，黑森林蛋糕的配方里有朗姆酒或者樱桃酒。

我的愚蠢害死了我的猫。我不能原谅自己。

朋友说，胖娃，你别哭了，猫猫们去了喵星球的，在那儿他们过得很好，也很开心。我说我知道，小树先去了喵星球，在那儿等着小草。而蜜蜜和皮皮，不知道哪一天，会咻地一下，飞到喵星去，连让我给他们办护照的时间都没留。我希望皮皮在喵星球可以重新看见光，看见这个因为我的愚蠢而让她的世界变得一片漆黑混沌但后来终于看见的喵星球。

这些天是麻木的，根本哭不出来，就觉得不明白，实在想不通是为什么。我自问并未失责，为什么我家猫会遭此大难。今天晚上，也没什么兆头，忽然号啕大哭了几回。

继续把猫的稿子写完吧，留下的都是回忆。回忆这一切然后写下来，这一夜，我心神大恸，念及过去，心若刀绞。真是没出息啊我对自己说，想着想着，忍着忍着，还是没忍住。我一直觉得，猫离不开我，因为他们拥有的，也不过是我而已。现在想想，我根本大错特错，因为离不开对方的那个，其实是我。好丢脸啊，我抱歉我又哭了。

我爱你们。张蜜蜜，张小树，张小草，张皮皮。

希望下辈子，还能彼此遇见。

曾想永相伴 /雷雷猫

雷雷猫：网络作家，

爱热闹与宅的结合体，对年龄强迫失忆的勉强80后。

代表作：《抓不住的青春》《爱情一百八十磅》

一、欢欢来了

天一亮，我便被一股特殊的味道熏醒，睁开眼，发现阳台门不知什么时候开了，当低头对上一双乌溜溜的眼睛时，我隐隐觉得不妙。

果然，在看到了她还在向后拨拉着的后腿、看到了床边那块方毯上的白色史努比已经变成惨黄色的小身板儿、看到了在那表面上仍旧残留的还未渗下去的湿漉漉的一层后，我终于知道发生了什么，顿时怒不可遏。

于是在晨光中，苍蝇拍与狗毛齐齐飞起，少女的尖叫与狗叫声同时划破耳膜，怎一个混乱了得。

将苍蝇拍狠狠地摔在地上，看着已经躲进角落的臭家伙，我懊恼地抓了抓头发，终于开始考虑徐扬的建议——把她“处理”掉。

这个恶魔叫做欢欢，是一只金黄色的小博美，有着软软的毛，黑葡萄一样的眼睛，刚刚两岁，是他送给我的礼物，前几天才刚刚来到我家。

当时看到欢欢颈上明显经过加工的项圈，徐扬曾劝我把她扔掉自生自灭，考虑了几秒，我还是暂时把她留了下来，不过却不想留下了一个大麻烦……

既然打定主意，本着极其人道的原则，我趁着超市刚开门给她买了一大包狗粮，据说是最新的、口味最好的那款，因为想到她可能在未来很长一段日子都无法吃饱，我咬咬牙，掏空了自己的钱包。

不过欢欢似乎不太领情，只是象征性地吃了几口，便对桌子上摆着的早餐表示出了极大兴趣，摇着尾巴绕着餐桌直打转儿。

早上的事情我还一肚子气，看到如此贵的狗粮她都不稀罕，便不肯遂她的愿，恶狠狠地挥了挥手中的苍蝇拍，于是她“吱吱”叫着，委屈无比地跑到自己的早餐前，慢吞吞地吃了起来。

那副样子哪像只狗，根本就是一只超大号的耗子。

白了她一眼，看了看桌上的食物，不过是最普通的油条而已，我家一贯的早餐主题，她的口味倒很人性化。

出门的时候，欢欢用湿漉漉的眼睛看着我，似乎察觉到了什么，不过这并不能改变我的决定，我咬了咬牙，义无反顾地把她牵出了家门。

我安慰自己，我也是为她好，从小到大，我可是连“死不了”都会养死的。

我是在小区外的街心公园扔掉欢欢的，相信凭着欢欢的“卖相”，在街心公园那种人来人往的地方，一定不缺有爱心的人收留她，不过如意算盘虽然打得好，哪想到刚刚跨进家门，一声炸雷在耳她一定在某个地方继续快乐地生活着。

边响起，铜钱大小的雨点从天空中噼里啪啦地落了下来。

愣了三秒，看看墙角还剩下大半的狗粮，想到那双临出门时充满乞求的眼睛，我觉得我需要一个帮忙作决定的人，于是冒着被外面闪电劈中的危险拨通了徐扬的电话：

“我把欢欢扔掉了。”

“哈！嗯？”打着哈欠，显然电话那边的人还没睡醒。

“可是早上买的狗粮还剩下很多。”

“啊？”

“我觉得不应该浪费。”

“嗯……”

不等她再开口，我立即放下电话，重新冲下了楼……

第二天，十一号楼五零二的两只华丽丽地病了，都是重感冒，不过却是一人一狗。

吸着鼻涕，我默默地想：她应该比“死不了”的生命力更顽强那么一点点儿吧……

二、让人忘记忧伤的狗狗

虽然决定在狗粮吃完前让欢欢暂时留下来，不过有些东西却是必须要把这个家伙教会的，首先便是欢欢小朋友的便便问题。

在这个问题上，欢欢挨了不少苍蝇拍，可是显然她却独爱我的史努比。虽然本人已经尽量在遛狗时间让她解决生理问题，可是这个家伙三次里倒有一次是便便在那里，于是苍蝇拍升级成了痒痒挠，却收效甚微，气得我有时恨不得把她从阳台上扔下去。

不过跟这个家伙相处了几天后，我发现除了让人无法容忍的便便问题外，她还是有不少长处的，例如她跳跃能力就是超级强悍，于是我灵机一动，反正闲着也是闲着，便用铁丝做了一个套圈，想拿狗饼干引逗着她练习“跳圈”。

不过狗饼干似乎仍旧对她没有任何吸引力，任凭我在套圈那边怎么折腾，她仍旧趴在地上懒洋洋地舔着自己的爪子，时不时地还掀起眼皮瞅我一眼。

我自然不甘心，转头看向餐桌，发现那里还有吃剩下的油条，于是灵机一动，拿起一小截开始在套圈的另一方轻晃。

没想到只晃了两下，欢欢就一跃而起冲过了套圈，摇着尾巴伸着舌头讨好地看着我——或者说是我手中的油条。

看到她口水“哗啦啦”流出来的样子，我差点笑喷，手不由得一低，让她趁机叼走了战利品，而几下将油条吞下肚后，她竟摇着蓬松的小尾巴再次转到套圈的另一边，继续对我“汪汪”直叫，显然她还没有吃够。

她黑葡萄似的眼睛瞪得溜圆，那副严阵以待的样子，俨然是一名雄赳赳气昂昂的将军。

看到“狗将军”如此威风，我笑得肚子都疼了，人也坐到了地板上，揉着肚子呻吟，抬头再看，瞥见欢欢正歪着头，用“严肃中略带疑问”的眼神看向我，然后收回视线捂着肚子继续狂笑。

不要问我怎么从一只狗的眼睛中看出“严肃中又带着疑问”，反正我是看出来了。

于是，在油条的引诱下，套圈的高度从紧挨着地面一直升到了离地面一尺左右，直接导致欢欢的肚子变得圆滚滚——积食了。

我家所住的小区是一个很成熟的社区，不用出大门衣食住行完全可以解决，宠物医院也有那么一两家，抱着像耗子一样“吱吱”叫着的欢欢，我来到了上次给她治感冒的那一家医院，这家宠物医院的主治大夫，据说是以前动物园的资深兽医。

问清原因后，头发花白的老大夫迅速给欢欢拿了药，并详细叮嘱了服用的方法和时间，以及以后不要让狗狗吃太饱云云，我这才知道狗狗怕撑不怕饿的道理。

晚上的时候，喂欢欢吃了药，我格外开恩允许她今天留在屋子里，睡在她最喜欢的史努比上。

半夜时，或许是不舒服的原因，欢欢时不时“吱吱”地哀号几声，因为就在床边，所以每每听到她的呻吟，我就把手伸出来轻轻抚摸她，好让她舒服些，早上的时候，欢欢的精神终于好起来了，不过镜子里的我却多了两个大大的黑眼圈。

临去新学校报到之前，徐扬来跟我告别，那时欢欢正把下巴歪在茶几上，伸着舌头够上面的点心吃，这厮二话没说在房间里转了一圈，然后从一个角落里拎出了那包几乎发霉的狗粮。

“你不是说把狗粮吃完就把她送走吗？”

“这不还有剩吗。”把点心换成手里的薯片，我开始装糊涂。

“可是已经发霉了。”

“那就扔掉好了……耶，不错啊，我就知道你是有潜力的！”

看到欢欢终于把薯片拨拉到嘴里，我奖励似的拍了拍欢欢的头，然后故意岔开话题：“你来找我什么事，是不是要去逛街，不行，欢欢在家我逛不了，她会把家里闹翻天的。”

徐扬摇头，终于很认命地抚了抚欢欢柔柔的毛：“没事儿，快开学了，我来看看你……项圈上刻着的名字是欢欢吧，果然是只能让人忘记忧伤的狗狗呢。”

我知道她说的是什么，貌似最近我已经很少想起送欢欢给我的人，以及狗狗脖子上项圈的来历了。

三、擀面杖事件

俗话说得好，一物降一物，欢欢终于遇到了她命中的克星。

由于爸妈都在国外，平时都是无儿无女的姨婆过来陪我住，前一阵子姨婆回了老家，回来后看到欢欢更是坚持要把她送走，并且雷厉风行地找了好几家人，就等人家回话。

虽然欢欢在便便问题上比较顽固，我也知道开学后不能再亲自照顾她，可是几周相处下来却觉得越来越离不开这个小家伙了，心里自然也有些舍不得。

不过舍不得归舍不得，开学后，一周只能回来住两天，如果让已经快七十岁的姨婆代替我照看狗狗也颇有些说不过去，于是只能期望姨婆帮她选个温柔的新主人。

等待新主人的日子里，欢欢仍旧在家里上蹿下跳，完全没有发觉自己将被送走的命运，不过似乎她也发觉了姨婆对她的不喜欢，所以，虽然也不时用头蹭蹭姨婆的腿，或是讨好地在她面前摇摇自己毛茸茸的尾巴，却仅此而已，远没有在我面前那样肆意的调皮捣蛋。

一天中午，我正跟姨婆在客厅里包着饺子，却听到一阵"窸窸窣窣"的轻响伴随着一股熟悉的味道从房间里飘出，我暗道不妙，知道史努比又遭殃了，不过还没有等我过去教训那个家伙，却见姨婆一绷脸，拎起手里的擀面杖，步伐矫健地冲进了房间。

我愣了愣，急忙跟过去，可还没进房门，便听到欢欢一声惨叫，立时揪起了心。

走进房间，却见姨婆正在用擀面杖在欢欢屁股上一下下地打，欢欢则"刺溜"一下躲进茶几底下不敢出来，一双乌溜溜的大眼睛盯着我，"呜呜"叫着求救，那声音听起来要多可怜有多可怜。

"你要再敢在房间里大小便，看我不打断你的腿！"用擀面杖"砰砰砰"地戳着茶几表面，姨婆指着欢欢的鼻子气势汹汹地教训道。

"呜呜！"欢欢仍旧可怜兮兮地叫着，不过这次不是看着我，而是看向姨婆，不知道是答应了，还是在求饶。

而让我哭笑不得的是，这次"擀面杖事件"的影响竟然立竿见影，这叫什么——这根本就叫"棍棒底下出好狗"。

第二天早上，一阵挠门声将我吵醒，起床一看发现欢欢正在挠大门。

以为她又要捣蛋，怕她把姨婆惹恼再挨一顿擀面杖，我急忙把她抱入怀中，哪想到以前很喜欢被抱着的欢欢却似乎很焦躁，眼睛则一直盯着大门"呜呜"直叫。

"把门打开，看她要干什么。"

我心中正奇怪着，姨婆的声音却响了起来，看来她也被吵醒了。

门刚开了一条缝，欢欢就“嗖”地一下蹿了出去，宛如“离弦之箭”直向楼下冲去。

我跟下去一看，却是哑然。

原来这个家伙竟然在楼下一棵她很喜欢的小树旁小便，而这个位置则是每次我遛她回来让她解决内急的地方。

难道说我的史努比以后不必遭殃了？

“这狗啊，不能光宠着，该教训的时候就得教训。”看着欢欢，姨婆一脸得意，“不过教训一次就这么长记性，欢欢还是蛮聪明的。”

这还是头一次听到姨婆叫欢欢的名字，我笑嘻嘻地挽上姨婆的胳膊：“欢欢真的很聪明，很少有这么聪明的狗狗呢……”

姜还是老的辣，还未等我说完，姨婆又绷了脸：“再聪明也是狗，过两天就有人来看狗，怎么也得趁着你上学前把她送走。”

我无奈望天，看来欢欢的前途已经注定，姨婆作出的决定什么时候轻易改变过，还是尽量把欢欢教得懂事些，让她在新主人家少挨些打吧。

从那天起，只要家里有主人在，欢欢就再也没有在房间里大小便过，床边的方毯也逃脱了一日一洗的命运，不过鉴于她之前的光辉事迹，史努比已经被洗得脱了毛，我干脆换了块新的，而旧的则铺在了阳台上的狗窝里，也算是在临走前给她提高些待遇。

四、欢欢是英雄

随着开学时间的一天天接近，我知道同欢欢分别的时间也越来越近了，前几天已经有人过来看了她，似乎很满意，听姨婆说过两天就来抱她走。

吃过晚饭，看着我抱着她一言不发，姨婆脸色也软了几分，安慰我说欢欢的新主人也是住在小区里的，我要是想她了，可以趁着休假去看她云云。

我没说话，只是一下下抚着欢欢的后背，用手指触了触她颈间的项圈，欢欢来的这几周我想了很多法子想把这项圈摘下来，发现除了毁了它，没有别的法子，看来只能让欢欢带着它一起离开了。

欢欢似乎也发觉了什么，难得的安稳，随着我的抚摸一下一下地眨着眼睛，还时不时地用舌头舔着我的胳膊，慵懒的神态中似乎也透着不舍。

晚上睡觉的时候，我又让欢欢睡在了床旁的方毯上，反正她在我家也没几天好留了，就算是宠宠她吧。

凌晨两三点的时候，我被欢欢的一阵狂吠惊醒了，我急忙打开床头灯，却看到欢欢竟然在使劲挠着阳台门，叫得也很大声，我走过去以后，欢欢的叫声非但没有停止，琉璃一样的眼睛看了看我，继续使劲挠门，叫声也更大了。

我以为她想小便，便想抱她去厕所，可她躲开了我的手，仍旧狂吠，其中夹杂着“哧啦”的划门声，要多刺耳有多刺耳。

“怎么回事？”姨婆也被吵醒了，穿着睡衣睡裤一脸惺忪地来到我身边，我有些不知所措，欢欢从没有这么暴躁过，希望她不要再惹怒姨婆，提前送她离开。

不过，很明显，姨婆的想法此时跟我完全不一样，只见她略微沉吟了一下，打开了阳台门，跟着欢欢去了阳台，而到了阳台上，欢欢的叫声更大了，我从未想到一向温驯的她竟然会发出这种叫声，这时我竟然才头一次意识到，欢欢不仅仅是一只宠物，更是一条狗，能够像其他比她体形大几倍的狗一样咆哮。

难道说发生了什么事情？

欢欢的叫声不仅叫醒了我和姨婆，到了阳台上以后，更是吵醒了其他邻居，可是在听到几声低低的抱怨之后，我却听到了邻居王叔叔破锣似的大嗓门响了起来：“喂，干什么呢？！”

我以为他被扰了清梦在对欢欢发脾气，正想去阳台把欢欢拉回来顺便道歉，却听姨婆低声道：“快打110，有贼撬小房呢。”

有贼！

我一愣，立即反应过来，急忙拨通了报警电话……

后来我才知道，原来那天晚上有贼撬我家楼下的小房，如果不是欢欢察觉大声狂吠，把大家从睡梦里惊醒，我为了上学新买的单车一定会被贼顺手牵羊，而根据以往的惯例，这些贼也绝不会只撬一家，我家旁边的小房就是王叔叔家的，他爱人下岗后买了个冰柜做批发冰糕和小食品的生意，东西全在小房里，若不是那天晚上王叔叔被吵醒，只怕他家几千元钱的货物都要便宜那几个贼了。

所以，从那以后，他对我家欢欢比我这个真正的主人还要溺爱，有好吃的向来忘不了她，当然，这些都是后话。

这件事情第二天便传遍了整个小区，大家都知道有一条名字叫做欢欢的狗在五楼就察觉了小偷的动静，及时叫醒大家，吓跑了贼，一时间，“欢欢”这个名字成了本小区“区史”里的传奇，我和姨婆带着她出去遛弯的时候，很多认识不认识的邻居都想看看这条神奇的狗狗，也亏得欢欢性子活泼并不认生，对所有对她报以善意的邻居们都展露了自己温驯懂事的一面，极尽卖乖耍宝之能事，这更让她声名远扬。

又过了几日，眼看就到了开学的日子，可是来领养欢欢的人还没有过来，我实在沉不住气，便问姨婆原因，姨婆抬眼瞥了我一眼，便很随意地说道：“我想过了，你住了校我一个人在家太寂寞，就留她陪我做个伴，反正她现在也不乱拉乱尿了，收拾起来也不怎么麻烦。”

哦耶！

我几乎要欢呼出声，使劲揉了揉腻在我怀里的那个小家伙的脑袋，惹得她在我怀里一阵“呜呜”抗议。

小家伙，做得好！

五、狂奔的欢欢

在大学里度过新鲜而又充实的一个月过后，我终于迎来了国庆长假，而在这一个月里，欢欢也学了不少新本事，当然，都是我那刀子嘴豆腐心的姨婆教的，比如现在家里没人的时候她已经知道自己去厕所解决大小便，又比如她现在喜欢原地转圈咬自己尾巴玩，又比如她现在最喜欢的“健身方式”是叼石头。

虽然天气闷热，可能马上要下一场大雨，不过却完全无损于我验收欢欢的训练成果，随手从地上捡起一块小石头，我使劲向远处扔去：

“欢欢，拿回来……”

话还未说完，扬起的手也没有收回，欢欢就已经向着石头落地的方向冲了过去，很快将它叼回来放在我的面前。

只见她得意地坐在地上，对我邀功似的叫了几声，尾巴扑簌扑簌地摆着，扫起满地尘土，一双眼睛一眨不眨地盯着我看，满心期待我下一次“训练”。

如此“渴望”的眼神我怎能辜负，于是哈哈一笑，如这小家伙所愿又把石头丢了出去，于是刚刚还“静若处子”的欢欢，顿时“动若脱兔”，再一次把它叼了回来，那副沾沾自喜的样子实在是让我想笑。

姨婆说，刚开始的时候她都是用小号海洋球来训练欢欢的，可是这个家伙似乎还没有练好力道，球是叼回来了，但没几次就被她咬破了，于是干脆就地取材，用石头来训练她，没想到竟把她的瘾勾起来了，有时候不用她找石头，欢欢自己就把石头叼来放在她脚边，让人想不“练”她都不行。

我眼珠一转，在周围寻找了一番，弯腰捡起一个土块，在欢欢面前扬了扬，很坏心地使劲扔出了好远。

欢欢依旧展开四肢，迅速冲去，可是，这次她到了目的地，却是在原地打转，显然，她已经找不到扔出去的土块了。

当然找不到，土块落地便摔成了渣渣，她到哪里去寻。

她在远处“呜呜”地叫着，声音里满是委屈，我这个无良主人在这边偷笑，十分想看看她会怎么做。

过了一会儿，看我仍旧没有任何动作和指令，欢欢郁闷地在原地转圈，开始咬自己的尾巴，这次转的时间比以往哪一次都久，久到我几乎以为她会一直转下去，我知道她这么耍宝是为了讨好我，又抬头看看已经压下来的乌云，决定不再戏弄她了，便要开口把她叫回来，可就在此时，她却突然停住了，眼睛盯着对面楼的一处墙角，突然大声叫了起来，而身子也在同时冲了出去。

我愣了愣，想也没想便追了上去。

我一直追着欢欢，眼看着她跑到了小区外面的大路上，心里也越来越担心，这路的中间有护栏，狗能钻过去，我却不行，如果她真的跑到马路那边，等我绕过去找她的时候，只怕她早就没影了，而这里车来车往，如果哪个司机没注意……

我只觉得脊背发凉，虽然我不知道她为什么要跑，可是这两个结果都不是我想看到的，而此时雨水已经伴着闷雷声瓢泼而下。

已经入秋，雨水打在身上分外的凉，我不由打了个寒战，又是一场大雨，这让我想起留下欢欢的那一天，难道她会离开我？

抬头再向前面望去，一颗沮丧的心却放了下来，因为欢欢终于不再跑了，正立在一块公交站牌下向远处狂吠。

我几步冲上前，一把把她抱在怀里，想打她几下，终是舍不得，巴掌落在她的后背上几乎变成了轻挠。

“你跑什么跑，难道想被人抓去炖汤吗？”说着说着，满身寒意里眼眶却不合时宜地变热了。

欢欢开始还是对着远处狂吠，可是漫天雨水中我却看不清楚前面有些什么，终于，欢欢不叫了，转而将头埋在我的怀里变成“呜呜”直叫，或许是大雨里我听不真切，总觉得她像是在呜咽……

我不知道那天她看到了什么，为什么要发疯似的追出去，可我知道，只要她回来，便好了。

六、欢欢的新朋友

“或许是看到扒手呢。”大学后第一个长假，徐扬也回来了，低着头，抚着欢欢的背用哑哑的声音说道，“你不是说她还吓跑过小偷吗？”

“你没见她当时的样子，我觉得不像。”回想当时情形，我总觉得欢欢给我更多的感觉却像是兴奋。

“那……或许是她以前认识的人呢！”徐扬抚着欢欢的手缓了缓，似乎是犹豫了一下，不过还是说了出来。

认识的人？

心中正纷乱着，却听徐扬惊呼起来，而她手上握了一把欢欢金黄色的毛。

“哎呀，狗狗是不是到了秋天会落毛啊！”

欢欢虽然也落毛，可从没有掉过这么多，而且姨婆说过，到了这个季节，狗狗的毛应该生长得更加旺盛才对，因为要过冬。

我顿觉不妙，于是我带着她再次走进了那家宠物医院，不过这次的大夫却不是以前给欢欢看病的老大夫了，而是一个年轻人。

一看是生面孔，我心里有些忐忑，这个年轻人似乎看出了我的不安，自己先说了身份，是老大夫的儿子，本地一家很有名医院的实习医生。

此时的我根本没有注意到他说出的那所医院的名字，反而问出了一句很囧的话："你只给人看过病，有没有给狗狗看过病啊？"

徐扬拉了拉我，我才发觉自己忙乱之下冒了傻气，急忙闭了嘴，不过那个年轻人却笑了笑，给我看了一个证件："我早就考下兽医资格证了。"

我的脸腾地一下热了。

欢欢是最近玩得太疯，弄得浑身尘土不说，还淋了雨，所以身上才会有了螨虫，患上皮肤病，小大夫给她开了些类似洗发水的东西，说是一周洗个两三次，两周左右就可以痊愈了。

初起我还半信半疑，不过两周后欢欢的毛发不但不再脱落，反而越发浓密，这让我因为当初对小大夫的怀疑越发觉得不安，而欢欢似乎也非常喜欢这个小大夫，经常遛着遛着就到了他们父子的诊所，只要他在里面，她对他那可叫一个亲热，让我这个主人都不禁眼热，看来这家伙还有花痴的潜质。

一来二去，大家熟了，我知道他虽然学医，但是由于父亲的缘故，从小就很喜欢动物，所以早早考下兽医资格证，不为子承父业，只为自己喜好，而欢欢他已经是久闻大名了。

于是，我们便顺理成章地成了朋友，他问到我欢欢脖子上的银链子，我只告诉他，原本这链子是戴在一个人的身上，不过他不声不响地走了，它就移到了欢欢脖子上。

寒来暑往，冬去春来，转眼间，欢欢已经在我家待了快六个年头了，而我也走出校门步入职场。

这几年欢欢越发伶俐可爱，几乎成了我们小区里的宠物明星，有例为证：

某冬日我有事回来较晚，小区存车处已经关门，便敲醒看车阿姨开闸门，冬夜被人从热被窝里拽出来，阿姨本一脸不耐烦，可偏巧姨婆不放心带着欢欢下来接我，一看到欢欢，阿姨顿时笑成一朵花，说了句：原来你是欢欢家的啊，早说嘛，外面怪冷的，快点存了车回家吧。

我只能赔笑，好吧，欢欢家的就欢欢家的吧，反正她的家就是我的家，我我我……我不跟狗狗争！

另一日，久不见面的一个邻居兼老同学欢呼着向我飞奔而来，此厮在学校时跟我交情只是泛泛，不想几年未见竟如此热情，感慨其太念旧情之余，我只好勉为其难张开怀抱，准备回报一个大人拥抱，却不想拥抱成空，眨眼此人便没了踪影，再眨眼她才出现，可怀中却多了我家欢欢，原来刚刚她竟然蹲下抱狗狗去了。

我嘴角抽搐，只好暂时忍了，可是更过分的还在后面，此厮同欢欢耳鬓厮磨一番之后，这才乍然发觉我的存在，然后说了一句让我吐血三升的话：呃，原来欢欢是你家的，呵呵，好久不见，你好像胖了点，我差点认不出来了。

再有……

每次徐扬回家，听到我愤愤不平的控诉，都笑得打滚，这让我更加郁闷，你说说，我的地位怎么就被狗狗比下去了呢，老天可真是不公啊！

七、永远快乐的欢欢

笑过之后，徐扬恢复了一脸正经，用手肘捅捅我，低声问道："喂，你同小大夫进展如何？"

我不语，一下一下抚着欢欢的后背，又看到了她颈上的银链，六年前，有一个人一言不发到了海的那一边，只给我留下了欢欢和这条链子，而六年后，相似的事情又发生在我身上，小大夫说要出国进修，其余的没有再多说一句，我也什么都没有说，也不知道该说些什么。

对我的事情徐扬全部知道，看我不说话，她又开了口："他们两个的情况完全不一样，我觉得，你应该跟他谈谈，好像你的父母也在那里吧。"

我不置可否，手指抚了抚银链子上吊着的狗牌，是一把刻着欢欢名字的精致银锁，但是我并没有钥匙，六年了，锁已经很旧了，或曾经，真的想过要永远在一起，只是，这个永远的期限似乎短了些……

许在他离开前可以让他帮忙把这条链子摘下来。

欢欢趴在治疗台上有一下没一下地舔着我的手指，痒痒的感觉却没有让我像以往那样心情愉悦，心中却是莫名的烦躁。

“定做项圈的人花了很多心思，要知道狗的脖颈是全身最脆弱的地方，难为他将链子穿进皮子中，又在下面衬了一层牛皮，所以才不会对狗狗的脖子造成伤害，而且，狗狗两岁以后就基本停止生长了，所以可以一直戴着……”

边说，小大夫边拿出工具，看来在没有钥匙的情况下，只有毁掉一个法子了。

我虽然知道把链子嵌进皮子里很费了一番工夫，可是不知道一个小小的项圈里竟然包含了这么多心思，当时他到底是怀着一种怎样的心思给欢欢戴上这个项圈的呢？

不知道是怎么抱着欢欢跑出诊所的，我一口气冲进徐扬家，看着一脸错愕的她，我镇定地说道：“我要欢欢的项圈钥匙。”

沉吟了一下，徐扬斩钉截铁地应道：“好。”

徐扬的妈妈和他妈妈是大学同学，本应该早点找她的。

没几天，徐扬果然给我拿来一把保存很好的银钥匙，我用这把钥匙真的打开了欢欢颈上的项圈——原来，困扰我六年的事情解决起来竟如此简单。

我松了一口气，不过此时非彼时，只要他好就可以了。

重新给欢欢戴上项圈，我决定跟小大夫离开。

走的那天，已是初秋，天色阴沉沉的，似乎又要下雨了，小大夫把行李放进车后备厢的时候，我最后一次拥抱了欢欢。

她舔了舔我的脸颊，吱吱叫了几声，像以前送我上学送我出远门一样，似乎在叮嘱我早日回家，一切都是那样的平静和自然。

我终于放开了她，快步向打开的车门走去，坐进车里，关上车门，再不回头。

就在车子开动的那一刹那，一阵狂吠从外面传来，可我不能回头，绝对不能回头，叫声越来越远越来越远，终于只剩一丝呜咽飘进了我的耳中，到了最后则再也听不到了，我把脸埋进了膝上……

我走了，欢欢却只能留下，对此我无能为力，虽然我相信徐扬和姨婆一定会照顾好她，可是，据说她每天都在我上车的地方徘徊很久，据说有好一阵子东西都吃得很少，据说常常蜷在我床前的小方毯上，姨婆怎么拉都不离开，据说……

几番风雨，匆匆春又归去，一晃三载又过，我和小大夫在国外的生活稳定下来，年前小大夫升级成老公，虽然生活节奏紧张，可闲暇之余，时不时还会想起欢欢，不知道她有没有继续想我，是不是已经恢复了快乐简单的生活。

一天，我收到一个包裹，是徐扬寄来的，里面竟是欢欢的项圈，随包裹附着的一封信里告诉我一个很糟糕的消息：欢欢走失了。

我愣了，一时间有些不知所措，小大夫拍了拍我的手：“先不要担心，欢欢这么可爱，无论在哪里都会生活得很好。”

“可是，既然走失了，为什么项圈还在……”我顿住了，心中豁然开朗。

小大夫握紧我的手，再次对我说道：“她一定会过得很快乐。”

我有些明白了，眼睛里潮潮的：是啊，我的欢欢怎么会不快乐呢，她一定在某个地方继续快乐地生活着，继续玩她的叼石头游戏，继续原地转圈咬自己毛茸茸的尾巴，继续开心地上蹿下跳，继续鄙视超级贵的狗粮，继续抢餐桌上的油条吃……一定会永远永远快快乐乐地生活在这个世界上的某一个角落……

[END]

图书在版编目（CIP）数据

而我只有你 / 九夜茴等著. — 长沙：湖南文艺出版社, 2012.5
ISBN 978-7-5404-5460-9

Ⅰ. ①而… Ⅱ. ①九… Ⅲ. ①短篇小说 – 小说集 – 中国 – 当代
Ⅳ. ①I247.7

中国版本图书馆CIP数据核字(2012)第046594号

上架建议：小说·作品集

而我只有你

作　　者：九夜茴 等
出 版 人：刘清华
责任编辑：丁丽丹　刘诗哲
监　　制：蔡明菲　潘　良
策划编辑：邢越超
版式设计：利　锐
封面设计：姚姚工作室
出版发行：湖南文艺出版社
（长沙市雨花区东二环一段508号　邮编：410014）
网　　址：www.hnwy.net
印　　刷：北京尚唐印刷包装有限公司
经　　销：新华书店
开　　本：880mm×1230mm　1/32
字　　数：180千字
印　　张：7.5
版　　次：2012年5月第1版
印　　次：2013年1月第3次印刷
书　　号：ISBN 978-7-5404-5460-9
定　　价：32.00元

（若有质量问题，请致电质量监督电话：010-84409925）